100퍼센트 인생

100퍼센트 인생

이시형 박사의 완전한 삶을 위한 응원

이시형 지음

청아출판사

'100퍼센트 인생, Full Life를 위하여'

하루를 살아도 100년을 사는 것처럼 살아야 합니다. 모든 게 꽉 찬 삶이어야 합니다. 행복도 보람도 재미도, 무엇이든 꽉 찬 삶을 살아야 합니다. 기쁨도 슬픔도 눈물까지도 꽉 찬 삶이어야 합니다. 그게 100퍼센트 인생입니다. 그렇게 살아가노라면 후회도 미련도 있을 수 없습니다.

100퍼센트 인생이라면 즐겁고 행복하고 긍정적인 삶을 생각하시지요? 그건 인생이 아닙니다. 현실적으로 그런 인생은 있을 수도 없습니다. 쓴맛 단맛 다 보며 살아야 하는 게 인생입니다. 신날 땐 하늘이 터져라 웃고 슬플 땐 땅이 꺼져라 울어야 하는 게 인생입니다. 그렇게 살기 위해선 무엇이든 만날 자세가 되어 있어야 합니다. 그게 인생이라고 생각한다면 두려울 것도 없습니다.

요즈음은 워낙 세태가 그러해서 사람들은 입만 열면 행복 타령입니다. 인생을 긍정적으로 밝게 살아야 한다고 강조합니다. 하긴 나도 그런 소리를 많이 하고 다녔습니다. 하지만 삶이 어찌 그럴 수만 있겠습니까. 미친 사람이 아니고서야 어찌 항상 웃고 행복에 젖을 수 있겠습니까.

철이 들어서일까요. 난 요즈음, 슬픔도 눈물도 참으로 소중한 삶의 양념이요, 중요한 요소라고 생각합니다.

우린 지난 반세기 동안 공격적으로 자신감 넘치는 생활을 해 왔습니다. 일체의 부정적인 생각은 해서도 안 됩니다. 자신 있게 가슴을 내밀고 돌격 앞으로! 이런 시대적 상황에 쫓기느라 우린 그간 슬픔을 잃었고, 눈물을 잃었습니다. 자신감도 용기도 좋지만 인간적인 가슴이 따뜻해야 합니다. 그래야 100퍼센트 인생이랄 수 있습니다. 100퍼센트 행복만 있는 인생은 망상입니다. 삶의 어느 한구석을 멀리하고 살 순 없습니다. 삶의 모든 요소를 골고루 챙겨 살아야 합니다.

그러기 위해선 정신적으로, 신체적으로 건강해야 합니다. 내가 줄곧 주장해 온 인생 5칙을 여기서 다시 한번 펼쳐 보겠습니다.

100세 넘어까지

1. 우아하게 멋있게 섹시하게

2. 내 발로 걸을 수 있게

3. 평생 현역으로

4. 병원에 안 가도 되게

5. 치매에 걸리지 않게

이런저런 삶을 주절거리다 보니 이야기가 들쭉날쭉하게 된 것 같습니다. 세로토닌 마을, 종자산에서 살다 내려온 영감의 독백으로 들어주면 좋겠습니다.

세로토닌, 기억나십니까?

이게 행복 호르몬, 힐링의 뇌과학입니다. 몇 해 전 인터넷 서점 YES24에서 《세로토닌 하라》는 졸저로 '9월에 읽고 싶은 작가'에 무라카미 하루키와 나란히 내 이름이 올랐던 적이 있습니다. 전문 작가도 아닌 입장에 송구스럽기도 하고 영광이기도 했습니다. 세로토닌이 워낙 우리 시대에 중요한 화두여서 선정된 게 아닌가 싶습니다.

우리 뇌가 세로토닌으로 넘쳐 난다면 우리 삶이 한결 풍요롭고 멋진 인생이 되지 않을까요.

이시형

차 례

진정한 삶

제1차 세계대전이 막 끝난 런던. 거리는 아직 어수선하지만 시민들은 오랜만에 전쟁의 공포에서 벗어난 해방감을 만끽하고 있습니다. 댈러웨이 부인도 저녁에 초대한 손님을 맞이하기 위해 꽃을 사러 나가던 참이었지요. 부상병들의 귀갓길에도 밝은 빛이 감돌고, 길모퉁이에는 악대의 취주가, 하늘에는 오색 풍선이 뜨는 순간, 문득 걸음을 멈춘 그녀의 입에서 한마디가 흘러나옵니다.

"삶, 런던, 그리고 이 순간의 유월(Life, London, and the moment of June)."

버지니아 울프의 단편 〈댈러웨이 부인〉의 한 장면입니다. 지금 이 순간, 유월의 태양이 찬란한 지금, 우리는 살아 있다는 걸 온몸으로 느낍니다.

'삶은 진정 기쁨으로 가득한 것을!'

그저 그렇게 살아가는 일상의 어느 한 순간, 당신에게도 삶의 환희에 벅차 걸음이 멎는 일이 있었으면 좋겠습니다. 하루를 그냥 그렇게 흘려보내면 그건 말 그대로 일상 속에 묻혀 버리는 무의미한 것이 되고 맙니다. 일상에서도 새로운 맛을 느낄 수 있는 슬기와 여유가 있어야 합니다. 일상이 일상에 머물지 않도록 하는 작은 지혜가 필요합니다.

그게 100% 인생을 사는 자세입니다. 인생을 아껴 어디다 쓸 작정이신가요.

웃음과 눈물

요즘에는 웃음 치료가 힐링의 한 장르로 등장했고, 그에 관한 자격증도 있습니다. 웃으면 항암 세포가 증가한다는 보고를 비롯해 그 효과에 대한 의학적 보고가 많이 나와 있습니다.

긴장으로 시달리는 현대인에게 웃음만큼 좋은 명약도 없습니다. 사람들은 웃을 일만 있다면, 웃을 수만 있다면 돈이 아깝지 않다고 생각합니다. 그래서 요즘은 강좌 내용보다는 일단 잘 웃기는 강사가 최고입니다. 방송 출연을 하면 제작진의 주문도 한결같습니다.

'재미있게, 유익하게.'

유익하게는 체면상 하는 소리이고, 일단 웃음이 폭발해야 합니다. 웃겨 달라는 주문입니다.

실제로 미국의 대학 강의 평가에서도 강사의 유머 감각에 대한 평점이 높게 책정되어 있습니다.

'억지로라도 웃어라. 그러면 행복해진다.'

이건 뇌과학적으로 사실입니다. 웃음을 유발하는 자극이 뇌로 들어와야 웃음이 피어납니다. 이렇게 수만 년 살다 보니 미소를 지으면 뇌 속에 우습다는 반응이 나타납니다. 이것이 심신의 양방향성입니다.

그런데 최근 학계의 보고에 따르면, 감동해서 흘리는 눈물이 웃음보다 여섯 배나 강력한 치료 효과가 있다고 합니다. 아리타 히데호 교수는 이를 감루(感淚)요법이라 했습니다.

실컷 울고 나면 기분이 후련해진다는 건 누구나 경험해 봤을 겁니다. 이 점에서 여성은 아주 유리합니다. 여성은 울어도 된다는 문화적 특권이 있지만 남자는 사정이 다릅니다.

'남자가 울다니? 남자가 울면 연약한 여자와 무엇이 다른가.'

위신도 서지 않고 체면도 구깁니다. 이게 한국 남성의 허구입니다. 그래서 남자는 울 일이 있어도 참고 넘겨야 합니다. 이런 인식은 영화관에서도 마찬가지입니다. 울고도 짐짓 안 운 척합니다. 마음껏 울 수 있는 여자가 장수하는 건 이런 이유도 있지 않을까요?

워낙 세태가 험악해서인지 밝은 웃음이 강조되고 있습니다. 그러나 어두운 눈물도 흘릴 수 있어야 합니다. 기쁨이 있으면 슬픔도 있는 것입니다.

행복의
뇌과학

　요즈음 발달된 뇌과학은 연구자들까지도 놀라게 합니다. 현재 뇌과학은 인간이 품는 생각에 따라, 마음 상태에 따라, 감정에 따라 뇌의 특정 부위가 반응하는 것을 정확히 볼 수 있는 상태까지 이르렀습니다. 가령 화가 나면 원시 감정을 조절하는 변연계(동물 뇌)의 편도체가 반응합니다. 그 파장은 곧바로 생명의 중추 시상하부에 전달되어 온몸에 분노 반응이 일어나고 공격-방어 반응이 나타나게 됩니다. 이런 상태가 바로 스트레스입니다. 그리고 이것이 너무 크거나 오래되면 병이 된다는 것은 이제 상식이 되었습니다.

　행복한 감정을 느낄 때의 뇌의 변화도 읽을 수 있습니다. 우리가 행복하다고 느끼는 순간 행복 중추라 불리는 좌측 전두엽 대뇌피질이 반응합니다. 마음은 그지없이 쾌적하고 편안해집니다. 뇌파엔

알파(α)파가 나타나고 행복 물질인 세로토닌이 분비·활성화됩니다. 그러나 여기서 의문이 생깁니다. 인간의 최고급 감정인 행복을 나타내는 행복 중추가 왜 감성을 담당하는 우뇌에 있지 않고 논리적인 사고의 중추인 좌뇌에 있느냐 하는 것입니다. 누구도 확실한 설명을 내놓지 못하고 있습니다.

이런 해석도 있습니다. 좌뇌는 계산도 하고, 따지고, 심사숙고하는 등 골치 아픈 일을 맡기 때문에 이를 위로하기 위해 행복 중추가 있다는 주장입니다. 불행의 숲에 행복을 심어 좌뇌와 우뇌의 균형을 맞추기 위해서라는 것입니다.

뇌과학을 공부하다보면 혼자 웃게 되는 일이 더러 있습니다. 위의 해석도 '웃기는 소리'라고 일갈할 일은 아닙니다. 그리고 보니 행복은 불행을 겪은 후에 싹튼다는 말이 틀린 것만은 아니라는 생각이 듭니다. 행복은 상대적이어서 불행을 모르면 행복도 모릅니다. 불행의 바닥에서 헤어날 때 비로소 뇌 속에 행복의 문이 열립니다. 행복이라는 감정은 아주 인색하고 취약합니다. 쉽게 무너지고 오래가지 않는 속성이 있다는 것을 잊지 마세요.

텅
빈
충만

어릴 적 고향 집 안마당. 여느 때는 텅 빈 채로, 그러다 여름 저녁 멍석을 깔면 식당이 되고, 고모가 시집가는 날 천막을 치면 예식장이 되고, 잔치 마당도 됩니다. 가을걷이가 시작되면 마당 가득 타작을 하고, 고추, 참깨를 널어 말리기도 합니다. 아이들의 놀이터가 되기도 하지요. 마당은 비어 있기에 온갖 것들로 채울 수 있습니다. '텅 빈 충만'이란 말이 이해가 될 듯도 하네요. 비워야 새것이 들어올 수 있습니다. 많이 비울수록 많이 들어올 수 있겠지요. 생각해보면 아주 간단한 이치입니다.

화려한 단풍이 지는 게 아쉽다 하겠지만 헌 잎이 져야 새잎이 돋아날 수 있습니다. 이것이 대자연의 순리입니다. 빈손이어야 새것을 잡을 수도, 들 수도 있습니다. 우리 마음은 어떨까요. 마음을 비워야 큰 뜻이 담길 수 있습니다. 작은 일로 아옹다옹하다가는 맑고 큰 기운이 담길 수 없습니다. 나이가 들면 깜박깜박하는 건망증이 옵니다. '앗! 치매가?' 하며 걱정하는 분들도 계십니다. 하지만 낡고 헌 생각이 사라져야 성숙한 생각이 새로 들어설 수 있습니다. 망각 속에는 젊은 날의 오만방자함이나 턱없는 욕심도 들어 있습니다. 비워야 새로운 것이 채워질 수 있습니다.

나의 실린 고향은
이 시영

겨울
들판

맑은 하늘. 여느 계절보다 겨울에 청명한 날이 많지만 우리는 그 사실을 잘 모릅니다. 추위에 웅크려 종종걸음 치느라 하늘을 쳐다보지 않기 때문이죠. 이번 주말에는 옷을 단단히 챙겨 입고 들판에 나가 양팔을 크게 벌려 온몸으로 겨울 들판을 안아 보십시오. 그러곤 산비탈 양지바른 바위에 기대앉아 따뜻한 커피 한잔 마시며 햇살을 맞아 보는 호사도 누립시다.

지난 가을 저 들판에는 어쩌면 그렇게 풍성한 황금물결이 넘쳐흘렀을까요. 너무나 메마르고 얼어붙어 깊은 동면에서 깨어나지 못할 것처럼 보이는 저곳에서 말이에요. 저기 외롭게 서 있는 메마른 사과나무 좀 보세요. 지난 가을의 풍성함이 믿기지 않네요. 이대로 영영 메말라 버리진 않을까 하는 가여운 걱정이 마음 한편에 자리합니다. 하지만 사과나무는 믿고 있습니다. 때가 되면 다시 물이 올라 잎이 돋고, 꽃이 피고, 탐스러운 열매가 맺힌다는 것을. 그래서 그날을 위해 묵묵히 참아내고 기다려야 한다는 것을. 조용히 마음을 가라앉히고 눈을 감고 자연을 느껴 보세요. 사과나무의 믿음에 가슴이 벅차오릅니다.

매서운 바람만 걸려 있는 저 나무의 겨울은 결코 조용하지 않습니다. 얼어붙은 땅속 깊이 넓게 뻗어 있는 뿌리에서부터 하늘을 향해 뻗어 있는 가지 끝까지 봄을 위한 영양과 물을 보내야 하기 때문이지요. 죽은 듯 서 있는 저 겨울나무 안에는 봄을 향해 약동하는 생명의 몸부림으로 가득합니다. 자, 겨울나무에 귀를 대 봅시다. 생명의 아우성이 들리나요. 우리 심장처럼 쿵쾅거리는 저 소리가 느껴지나요.

저기 차고 따뜻한 겨울길을 돌아 나들이를 마치는 당신이 보이네요.

걱정도
팔자라더니

우리는 호기심이 많아서인지 그림을 봐도 저게 무엇일까 생각합니다. 화가는 한결같이 답합니다.

"그냥 보시면 됩니다."

하지만 저게 뭔지, 무슨 뜻인지, 왜 저렇게 그렸는지 생각하느라 감상은 뒷전으로 밀립니다. 우리가 추상화를 별로 좋아하지 않는 건 이런 강박적인 습관 탓입니다.

시험도 아닌데 골똘히 생각하노라면 빠른 베타파가 발생해 뇌가 피곤해집니다. 그냥 가슴에 와닿는 것만으로 훌륭한 감상인데, 우리의 강박증은 이를 허락하지 않습니다. 전혀 감이 안 온다며 불평합니다. 분석하고 해석해야 한다는 생각이 뇌를 피곤하게 합니다.

뇌과학을 공부하는 입장에서 한국인의 이런 해석 강박증은 참으로 이해하기 힘듭니다. 우리는 무엇이든 수월하게 하는 습관이 있습니다. 말도 정확하게 하지 않고 대충 하지만 상대는 잘 알아듣습니다. 외국인이 보면 신기할 정도입니다. '거시기'로 통할 수 있는 사회가 한국입니다. 정원도 대충 꾸밉니다. 자연 그대로가 좋다는 게 한국인입니다.

그러나 유독 그림 감상에 있어서는 독특합니다. 그림뿐 아니라 조각, 영화, 연극 등 다른 예술도 마찬가지입니다. 감성적인 우뇌보다 논리적이고 객관적인 좌뇌가 작동합니다. 그러곤 '아, 이것은 무엇이다' 하는 결론을 내야 안심합니다. 그런 사고 과정이 정리되지 않으면 작가를 원망합니다. '도대체 이게 뭐야' 하고 화를 냅니다.

하긴 현대 작품은 참으로 난해해서 전문가도 잘 수용하지 못합니다. 현대화, 현대시… '현대' 자가 붙으면 한국인에게는 골칫덩이입니다. 도대체 감이 잡히지 않습니다. 작가의 주관이 많이 들어갈수록 깊은 수렁으로 빠집니다. 정신분석에서는 이를 '1차적 사고'라고 해서 무의식 수준으로 봅니다. 상식으로는 이해할 수 없습니다. 현실적 사고가 적당히 가미되어야 하는데, 모르겠다고 원망하는 한국인이 한편으로 이해가 됩니다.

한 귀부인이 피카소의 화실에 와서 버려진 그림을 가리키며 무엇을 표현한 건지 묻습니다. 피카소가 부인을 훑어보더니,

"이건 백만 달러를 표현한 겁니다."

말하는
대로

내겐 좀 듣기 거북한 버릇이 한 가지 있습니다. 끙끙거리며 글을 한토막 써내고 나면 거울 앞에 서서 "아, 역시 난 천재야!" 하고 외칩니다(물론 혼자 있을 때죠). 순간 내 자신이 대견스럽게 느껴지고 다음에 쓸 글 자료가 떠오르기도 합니다. 신기한 효과가 아닐 수 없습니다.

미인이 되는 비결은 바로 자신이 미인이라 믿는 것에 있습니다. 여성들이 모두 예쁜 것은 이런 망상 아닌 망상을 갖고 있기 때문입니다. 우리 몸은 생각하고 상상한 대로 반응합니다. 계속 반복하면 새로운 신경회로가 생기기 때문입니다. 이를 더 강화하는 방법이 소리 내어 말하는 것입니다. 긍정적인 말을 계속하면 그것이 자기 감성에 기분 좋게 들리고 차츰 몸도 반응하게 됩니다. 말에 언령(言

靈)이 깃들어 있다는 학자도 있습니다. 그냥 속으로 생각하는 것보다 말로 하면 뇌의 울림이 다릅니다. 옛 선비들은 소리를 내어 책을 읽었습니다. 최근 뇌과학에서도 소리 내어 글을 읽으면 내용이 뇌에 각인되어 오랫동안 기억에 남는다고 합니다.

"나는 행복합니다. 나는 행복합니다. 정말 정말 행복합니다."

이 노래가 처음엔 듣기 거북했습니다. '자기가 행복한 걸 뭘 그리 자랑스레 떠들며 노래까지 불러. 그렇지 못한 사람들이 얼마나 많은데.' 그러나 박수를 치며 노래를 부르는 사람들의 표정을 보면 그렇게 밝을 수가 없습니다. 그렇습니다. 행복한 행동을 반복하면 뇌 속에서 행복 물질인 세로토닌이 분비됩니다.

나라에는 애국가가, 학교에는 교가, 군대에는 군가가 있습니다. 이 노래들을 반복 합창하면 차츰 마음이 가사에 담긴 방향으로 움직인다는 사실이 뇌과학으로 입증되었습니다. 어느 단체든 지향하는 목표를 벽에 붙여 놓습니다. 처음엔 별 느낌 없이 보지만 계속해서 보게 되면 차츰 뇌 속에 변화가 일어나기 시작하고 사람이 바뀌어 갑니다. 이것을 변용이라 부릅니다. 세뇌(brainwash)의 수순이기도 합니다.

'말하는 대로 된다'는 말을 믿어야 합니다. 아직 그런 체험을 하지 못하셨다면 당신의 인생이 본 궤도에 오르지 못한 증거입니다. 작은 것 하나라도 꼭 체험해 보기 바랍니다.

젊을 때
성공
마라

영화의 묘미는 클라이맥스입니다. 영화 내내 졸여오던 가슴이 클라이맥스에서 비로소 터지며 카타르시스를 느낍니다. 그런데 이게 영화 중간에 오는 경우도 더러 있습니다. 절정의 감정을 느끼고 마음속으로 결말을 준비하는데 이야기가 계속 이어집니다. 이후부터는 모든 게 시시해집니다. 감독이 시원찮은 거죠.

사람도 젊어서 스포트라이트를 받는 행운아가 더러 있습니다. 옆에서 보면 마냥 부럽습니다. 하지만 걱정은 그의 인생 후반입니다. 그 행운아는 내가 제일이라는 생각 때문에 이후의 인생이 불행해집니다. 전성기에 비할 순 없지만 그래도 그만하면 괜찮은 인생인데 그 옛날 영광의 순간에 빠져 속상해합니다. 그래서 대기만성(大器晩成)이라는 말이 나왔을까요.

'영웅이 되려면 젊어서 죽어야 하고, 대업(大業)을 이루려면 오래 살아야 한다.' 일본의 선각자 요시다 쇼인(吉田松陰)의 말입니다. 이 젠 인생 50~60세의 시대가 아닙니다. 90년을 살아야 하는 시대입 니다. 트랙을 몇 바퀴 돌고 마는 단거리 선수가 아닙니다. 멀리 보 고 가야 하는 마라톤 인생입니다. 제 나이도 80 중반을 넘어서고 있 습니다. 제가 이렇게 오래 살 줄 몰랐습니다. 이럴 줄 알았다면 그 렇게 서두르지 말고 차분히 준비한 후 일을 벌일 것을 하는 가벼운 후회가 듭니다. 한 가지 위안이라면 아직 정상에 다다르지 않았다 는 점입니다. 가야 할 길이 아직 멀기만 합니다. 때로 마음이 조급 해질 때도 있지만 천천히 분수껏 올라가려 합니다.

문제는 주변 사정이 녹록지 않다는 것입니다. 당장 나라가 걱정 입니다. 세계 10위의 경제 대국으로 급성장한 만큼 국민들의 의식 수준이나 그에 걸맞은 문화가 아직 성숙되지 못했습니다. 고속으 로 달리던 차가 저속으로 가려니 답답합니다. 대한민국의 경제는 정점을 찍은 것 같습니다. 어쩌면 하산을 준비해야 하는데 누구 하 나 그럴 생각도, 마음의 준비도 하지 않습니다. 모두가 계속 더 올 라야 한다는 생각만 하는 것 같습니다. 이제 우아한 하산도 준비해 야 합니다.

제멋대로
병

대한민국에서는 의사 노릇을 하기가 여간 힘든 게 아닙니다. 환자들이 의사가 지시하는 대로 따르지 않습니다.

'식후 30분, 하루 3회!'

이 처방을 지키는 환자는 그리 많지 않습니다. 하루 이틀 하다가 귀찮으니까 제멋대로 해 버립니다. 그러다가 아예 끊어 버립니다.

"금연, 절주, 운동 좀 하세요!"

의사로서 환자에게 간곡히 이야기하지만 작심삼일, 의사의 처방은 어느새 처음 듣는 이야기가 되어 버립니다. 발병된 것부터가 제멋대로 하는 생활습관 때문입니다.

건강에 좋은 것이 무엇인지는 모두들 알고 있습니다. 문제는 행하지 않는 것입니다. '귀찮으니까!', '설마 내가?' 하는 참으로 당찮은 믿음을 갖고 사는 분들이 많습니다. 뭘 믿고 저러는지 도무지 이해할 수가 없습니다. 심지어 굵고 짧게 살겠다는 사람도 있습니다. '뭐 의사 말을 들을 것 있나. 먹고 싶은 것 먹고 편하게 살다 죽으면 되는 거지.' 문제는 굵게는 살 수 있어도 짧게는 쉽지 않다는 겁니다. 그렇게 살다간 당뇨병, 고혈압은 따 놓은 당상입니다. 사람들은 병이 나면 큰일 났다며 병원에 달려옵니다. 그때라도 의사 말에 따르면 좋지만 당장 죽을병이 아니면 또 제멋대로 병이 도집니다. 정말 미련합니다. 이 미련증을 고치기 위해 강연, 칼럼, 방송, 출판 등 할 수 있는 일은 다 하지만 사람들은 그때뿐 문을 나서면 까맣게 잊어버립니다.

제가 산중에 건강마을을 지은 사연이 여기 있습니다. 사람들을 이곳으로 불러 모아 세뇌를 통해 강력한 동기를 부여해 생활 습관을 개선시켜 사는 동안 건강과 행복을 유지할 수 있게 하기 위함입니다.

"해 보니 정말 좋네!"

건강마을에서 잘 짜인 계획에 따라 생활하여 새로운 습관이 몸에 배면 '제멋대로 병'이 발동할 여지가 없어지게 됩니다. 증축이 끝나 새해부터 모든 스케줄이 업데이트되었습니다. 이번에는 한국인 특유의 제멋대로 병을 고칠 수 있을지 기대가 큽니다.

멈춰야
볼 수
있는 것

멈춤이 있어야 힘이 나옵니다. 우리는 힘을 들일 때 호흡을 멈춥니다. 붓글씨를 쓸 때나 대패질할 때, 잠시 숨을 멈췄다가 큰 힘을 쏟아붓습니다.

저는 작고하신 이매방 선생의 승무를 보고 전율을 느꼈습니다. 온몸을 천천히, 빨리 움직이다가 어느 순간 팔을 벌린 채 딱 멈추어 시간을 정지시킵니다. 이 순간 온 세상이 빨려드는 것 같은 힘이 전해집니다. 숨을 쉴 수가 없습니다. 그다음, 팔을 쭉 펼치는 순간 지축이 흔들리는 굉음이 들리는 듯합니다. 승무의 힘은 역시 정지된 순간에 나옵니다.

노승이 참선하는 모습도 같습니다. 벼락이 쳐도 흔들리지 않습니다. 고요히 앉은 자세에 완전히 압도당합니다. 보고만 있어도 숨이 멎습니다. 어물쩍 딴짓하다가는 벼락이 떨어질 것 같은 두려움마저 느껴집니다.

그렇습니다. 멈춤의 힘입니다. 우리는 너무 빨리 달리기만 하기 때문에 모든 사물을 스치고 지나칠 뿐 제대로 보는 게 없습니다. 짙은 안개 속을 달리는 것과 다를 바 없습니다. 모든 게 건성일 뿐 가슴을 울리는 감동이 없습니다. 멈춰야 느낄 수 있습니다. 멈춰야 보입니다. 길가에 핀 들꽃 한 송이에도 멈춰야만 눈길이 갑니다. 미풍에 하늘거리는 들꽃에서 느껴지는 생명의 약동도 멈춰야만 느낄 수 있습니다. 이것이 우리가 살아 있다는 증거입니다.

저의 졸저《배짱으로 삽시다》도 멈춤에서 나왔습니다. 저는 미국 유학에서 돌아온 후 제2의 문화충격에 빠졌었습니다. 합리적인 미국 사회에서 살다 돌아오니 전국은 산업화의 요란한 굉음 속에 기본 질서 하나 지킬 줄 모르는 시민들로 혼란했습니다. 정신없이 설쳐대기만 했습니다. 제게 유일한 낙은 테니스였습니다. 일과시간 외에는 완전히 테니스에 빠져 있었습니다. 그러다 어느 날 디스크 판정을 받았습니다. 당시 테니스 파트너였던 정형외과 김병조 박사가 무겁게 입을 열었습니다.

"더 이상 테니스를 하시면 안 될 것 같습니다."

청천벽력이었습니다. 결론은 수술이었습니다.

수술 전 처치도 다 끝나고 병실에 누워 있으려니 한심한 생각이 들었습니다. '의사란 놈이 제 몸 하나 관리하지 못해 수술을 받다니…. 넌 좀 더 그대로 고생해 봐야 돼.'

수술을 포기하고 집으로 돌아왔습니다. 진통제도 다 끊고 지팡이를 짚고 천천히 걸을 수밖에 없는 지경이 되었습니다. 그때 처음으로 세상이 보이기 시작했습니다. '아, 우리는 왜 이럴까?' 교통질서 하나 지킬 줄 모르고 도대체 도시인으로서의 감각이 없습니다. 그 시선으로 쓴 책이 하룻밤에 저를 유명인사로 만들었습니다. 멈춤이 제게 엄청난 힘을 준 것입니다.

멈춤이 준 선물입니다.

담백한 맛,
문인화

저는 요즘 문인화 수업에 열중하고 있습니다. 배울수록 깊은 맛에 빠져들게 됩니다. 문인화는 한지에 묵으로 표현한 것이라 단조롭고 담백합니다. 그러다 보니 여러 생각을 덧칠한 듯 현란한 그림 앞에 서면 머리가 복잡해지고 어지러워 보기가 거북합니다. 하지만 묵과 여백이 어우러진 문인화를 보노라면 마음이 차분해집니다. 여백이 마음을 넉넉하고 한결 여유롭게 합니다. 문인화는 여백 속에 많은 이야기를 담습니다. 여백에 깊이를 담는 것, 이것이 문인화의 매력이요 좋은 그림입니다.

문인화는 잘 그린 그림이 아닙니다. 선비들이 공부하다가 한구석에 낙서하듯 그린 것입니다. 잘 그리진 못했지만 선비 정신이 담긴 그림입니다. 따라서 문인화는 잘 그려져야 한다는 선입견을 버려야 올바른 감상을 할 수 있습니다. 그렇기 때문에 그림에 소질 없는 사람에게는 안성맞춤입니다. 문인화 회우들도 초등학교 때 자기 그림이 뒷벽에 한 번도 붙어 보지 못한 사람들이 전부입니다.

그림이 시원찮으면 글이 보완해 주면 됩니다. 글이 시원찮으면 또 어떻습니까. 그럴 땐 그림이 보완해 줍니다. 문인화는 한·중·일에만 있는 독특한 형식입니다. 지금 제가 수학 중인 문인화는 중국, 일본과도 다른 한국 고유의 형식입니다. 특히 감성적인 여성들은 그림을 보며 눈물을 훔치기도 합니다. 엄마 생각이 나서, 어릴 적 야단맞은 생각이 나서…. 사연도 갖가지입니다. 문인화를 보고 있노라면 한편에서 내면 깊숙이 스며든 아름답고 그리운 옛 감정들이 솟아오릅니다.

문인화 앞에서 눈물을 흘린다는 것은 참으로 소중한 일입니다. 문인화를 '힐링 아트(HEALING ART)'라고 극찬한 미술평론가도 있습니다. 문인화 예찬론이 되었지만 그 담백하고 깊은 맛을 알면 공치사가 아니란 걸 느끼게 됩니다. 문인화 수업을 받고 있으면 사물의 본질을 보게 되고 인간은 본질을 만날 때 감동한다는 것을 깨달을 수 있습니다.

엄마 배고파

이시영

이루어지는 건 꿈이 아니다

거울에 비친 주름진 얼굴을 보고 인생무상을 느낀다는 사람이 있습니다. 덧없이 흘러간 세월이 원망스럽기도 합니다. 도대체 어쩌다 이렇게 늙어 버렸을까. 흘러간 청춘이 못내 아쉽고 애달픈 때가 있습니다. 버나드 쇼가 죽음을 앞두고 '어물쩍하다 내 이래 될 줄 알았다'라며 웃음을 줍니다.

이 정도 여유만 있다면 죽음인들, 늙음인들 뭐 두려울까요. 이럴 여유도 없다면 다시 한번 찬찬히 자신을 돌아보십시오. 이렇게 살아 있다는 것만으로도 대단한 일 아닌가요. 큰 사고 없이 오늘 이렇게 살아 있을 수 있다는 것만으로도 대단한 축복 아닌가요. 그 흔한 교통사고도 나지 않고 오늘까지 이렇게 건강할 수 있다는 것, 생각할수록 기적이랄 수밖에 없습니다.

전쟁에서 무사히 돌아온 것만이 축복이 아닙니다. 우리가 사는 일상이 전쟁터보다 나을 게 없습니다. '묻지마 살인'도 있고, 갑자기 땅이 꺼져 나락으로 떨어진 사람도 있습니다. 마른하늘에 벼락 맞는 꼴입니다. 요즈음 뉴스를 보고 있노라면 오늘 하루 무사히 일을 마치고 집으로 돌아와 가족과 함께 있다는 것, 그것만으로도 큰 행운이요 축복입니다. 삶을 함께하는 이웃이나 직장 동료, 모든 전우에게 영광을 돌리십시오. 그리고 내 주름에도 환호를!

주름은 관록의 상징이요, 멋지게 살아온 훈장입니다. 주름을 들춰 보십시오. 홍안의 청춘이 아직 파랗게 약동하고 있습니다. 인생은 '아직'입니다. 세월을 탓하며 앉아 있을 때가 아닙니다. 젊은 날의 기백이 아직 가슴에 뛰고 있습니다. 젊은 시절의 꿈이 무엇이었나요? 잘 이루어져 가고 있습니까? 꿈은 언제나 저 멀리 있습니다. 그래서 꿈이라고 합니다. 작은 꿈이 이루어졌다고 꿈을 이룬 게 아닙니다. 이루어지는 걸 꿈이라 하지 않습니다. 꿈이 있는 한 우리는 늙을 수 없고, 지난 세월을 탓할 수도 없습니다. 꿈을 향해 꾸준히 가는 것, 그게 인생입니다.

늙음은
선택

랭거(langer) 박사의 실험을 소개하겠습니다. 70~80대의 노인들에게 '20년 젊어졌다고' 생각하고 그렇게 행동하라고 주문했습니다. 5일간의 실험 후 놀라운 일이 일어났습니다. 그들의 표정이며 걸음걸이가 진짜 20년 전으로 돌아갔습니다. 관절, 유연성, 청력, 시력에도 큰 변화가 나타났습니다. 그뿐만이 아닙니다. 혈액검사에서 면역 반응이 활성화되었으며 뇌 활동이나 혈류가 증가했습니다. 참으로 놀라운 일입니다. 나이는 생각이요, 믿음이라는 말을 증명한 획기적인 연구 결과였습니다.

중년이 되면 달력 나이는 별 의미가 없습니다. 그가 어떤 생각을 갖고 어떤 생활을 하느냐에 따라 몸도 마음도 그렇게 됩니다. 늙음은 선택입니다. 저는 지금도 지하철 유료 승객입니다. 아직 현역이기 때문입니다. 바라건대 죽는 날까지 유료 승객이었으면 좋겠습니다. 누가 사람의 미래를 알겠습니까마는 이 작은 소망대로 되리란 확신을 갖고 있습니다. 저의 건강 5개조에는 '평생 현역으로 뛸 것'이 항목으로 들어가 있습니다. 사회가 더 이상 나를 필요로 하지 않는다는 생각이 들면 자칫 인간 전체가 무너질 수 있습니다. 노인들의 고독사가 많은 건 그 때문입니다. 무슨 일이든 좋습니다. 현역으로 뛰고 있는 이상 당신은 노인이 아닙니다.

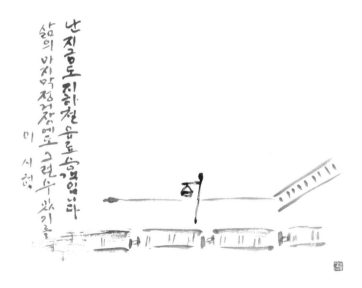

고통의
의미

지옥 같은 유대인 포로수용소. 어느 날 아내를 잃은 노인이 빅터 프랭클 선생을 찾아왔습니다.

"선생님, 아내가 죽은 후 너무 슬프고 외로워 견딜 수가 없습니다."

"그렇지요. 하지만 당신이 먼저 죽고 부인이 살아남았다면 어떻게 되었을까요?"

"안 됩니다. 아내 혼자 이 고통을 어떻게 감당하라고요."

"그렇지요. 당신의 고통 뒤에는 부인에 대한 사랑이 있기 때문에 더 괴로운 것입니다. 그리고 아내의 괴로움을 대신하고 있다는 아름다운 의미가 있습니다."

한동안의 침묵이 흘렀습니다. 아까와는 달리 노인의 얼굴이 많이 편안해졌습니다.

비엔나의 정신과 의사인 빅터 프랭클은 그 지옥 같은 유대인 포로수용소에서 기적적으로 생환했습니다. 그는 수용소의 극한 생활 중에 겪은 생생한 이야기들을 몰래 적어 나왔습니다. 이를 토대로 의미치료(logotherapy)라는 새로운 학문 영역을 발표하여 세계 정신의학계를 깜짝 놀라게 했습니다.

저는 번역을 거의 하지 않습니다. 하지만 프랭클 박사의 책은 두 권이나 번역했습니다. 그중 하나가 《죽음의 수용소에서》입니다. 그에 대한 존경의 의미였습니다.

'아무리 하찮은 일에도 인생의 숭고한 의미가 있다는 것, 이를 찾아 환자에게 알려 주면 어떤 고통도 스트레스도 이겨낼 수 있다.'

이 의미치료는 제가 정신치료 임상에서나 일상생활에서 가장 즐겨 쓰는 기법이 되었습니다.

그리고 중요한 것은 아무리 하찮은 일에도 그 뒤에는 숭고한 인생의 의미가 담겨 있다는 사실입니다. 그걸 발견해 내는 게 슬기요, 지혜입니다.

'고뇌가 없으면 인간이 아니다.'

소크라테스의 말입니다.

선 밸리의
교훈

미국 애리조나 선 밸리(Sun Valley)는 백만장자의 은퇴촌으로 가히 지상낙원입니다. 한데 얼마 전 끔찍한 보고가 나왔습니다. 그곳 노인들의 치매 발병률이 도시 노인들보다 높다는 것입니다. 아니 이럴 수가! 깜짝 놀라 조사팀이 들어갔습니다. 이유는 간단했습니다. 너무 걱정이 없고, 자극이 없고, 변화가 없는, 소위 삼무(三無)가 주범으로 밝혀졌습니다. 한국적 해석을 하자면 팔자가 너무 좋아 생긴 병이라는 얘깁니다. 이런 생활은 전두엽 관리에 치명적입니다. 인간에겐 적정한 긴장은 필수입니다. 갈등, 걱정, 스트레스, 자극, 변화, 도전, 용기 등 이런 것들이 대뇌를 자극함으로써 뇌세포 기능을 활성화하고 젊음을 유지할 수 있게 해 줍니다.

저도 견학차 선 밸리를 방문한 적이 있습니다. 하지만 돈 받고 살라고 해도 못 살 것 같았습니다. 거긴 55세 이하는 입주도 못 할 뿐 아니라 자동차도 보행하는 노인이 놀라지 않게 15마일로 가야 합니다. 아무리 지상낙원처럼 꾸며 놓아도 처음 얼마간의 흥분이 지나면 뇌는 그 이상 반응하지 않게 되고 권태를 느낍니다. 우울증에 안 빠지면 다행입니다. 그래서 인간에게는 적당한 자극이 필수입니다.

무엇보다 우리에게는 전두엽 관리가 중요합니다. 전두엽은 인간의 최고사령부로서, 감정, 지성, 판단 등을 관장하는 고등 중추기관으로 대단히 예민합니다. 상하기 쉽습니다. 나이가 들면 다른 부위는 6% 정도 위축되지만 전두엽은 잘못하면 30%나 위축됩니다. 이곳이 늙으면 진짜 노인이 됩니다.

탑골공원에 모여든 건장한 노인들을 지켜보며 한 생각입니다.

젊음의
비결

젊음의 비결은 창조적인 작업을 하는 데 있습니다. 새로운 걸 만들어 내기 위해 많은 정보, 지식, 경험 등을 쌓는 과정에서 아하 (Aha) 체험도 하게 됩니다.

'아하, 그게 그렇게 되었군' 하고 무릎을 치는 순간, 우리 뇌에는 불이 번쩍 켜집니다. 이런 지적 자극이 뇌를 젊게 하는 필수영양소입니다. 그렇게 쌓인 지식들은 뇌 속 용광로에 저장되고 재편성됩니다. 자는 동안에도 새로운 조합은 계속 진행됩니다. 그러다 어느 순간, 기막힌 아이디어가 떠오릅니다. 통찰의 순간입니다. 또 이를 현실로 옮기는 작업을 하는 동안에도 뇌는 잠시도 쉴 틈이 없습니다. 창조적인 활동의 모든 과정이 완성되는 순간, 그 희열과 자부심은 하늘을 찌릅니다. 이런 사람은 늙을 수가 없습니다.

젊음의 비결은 창조에 있습니다. 이것은 뇌과학적으로 증명된 명백한 결론입니다. 창조적 작업에는 뭐니 뭐니 해도 번득이는 두뇌 회전이 필수입니다. 손재주만으로는 창조적 인재가 될 수 없습니다. 얼마전 홍익대학교 박철 교수에게서 깜짝 놀랄 이야기를 들었습니다. 6년 전부터 입학시험에 실기를 없앴다는 것입니다. 미술대학에서 실기 대신 무슨 기준으로 학생을 뽑는지 더욱 궁금했습니다.

미술 전문 교육기관인 이 학교는 졸업생을 대상으로 재학 시절 그림을 잘 그린 그룹과 못 그린 그룹으로 나누어 통계를 내었습니다. 놀랍게도 국내외 미술계에 두각을 나타내거나 족적을 남긴 이가 그

맨손의 새는
자유로이 난다
이시형

림을 못 그린 그룹에서 더 많이 배출되었다고 합니다. 따라서 이젠 묘사력, 조형력 등 손재주가 좋은 학생보다는 창의성을 발휘할 수 있는 뇌력(腦力) 인재들을 다양한 방법으로 선발한다고 합니다.

창조는 전두엽의 생산물이지, 그림 솜씨가 아니라는 걸 홍익대학교의 경험이 말해 줍니다. 문인화 수업을 하다 보니 이런 과감한 결론에 수긍이 갑니다. 잘 그린 그림이 아니고 많은 이야기가 담긴 좋은 그림이 문인화의 진수입니다.

노화
VS
퇴화

단순히 나이가 드는 걸 노화(Aging)라 부르고, 나이가 들면서 현저히 정신과 신체 기능이 떨어지는 것을 퇴화(退化, Degeneration)라 합니다. 나이가 드는 거야 어쩔 수 없지만 퇴화는 막아야 합니다. 평소에 건강한 생활을 유지한다면 생의 마지막 순간까지 퇴화를 70% 정도 예방할 수 있다는 게 건강장수학회의 주장입니다.

안타깝게도 의사인 저 역시 50세 전에 허리 디스크와 무릎 관절의 퇴화가 심했습니다. 조로(早老) 현상입니다. 전 그때부터 정신을 바짝 차려 생활 습관을 조화롭게 하고 심신을 정성스레 다듬기 시작했습니다. 덕분에 수술도 약도 없이 이젠 일상생활에 지장이 없을 정도로 회복되었지만 시원치는 않습니다. 그러나 이만큼 회복된 것만으로도 감사합니다.

살인적인 스케줄에도 지난 30여 년간 감기 몸살 한 번 앓은 적이 없습니다. 무리를 하려야 할 수 없게 시원찮은 허리와 무릎이 나를 지켜주기 때문입니다. 일도 무리하지 않고 견딜 만큼만 합니다. 아침마다 발을 주무르며 '수고했다, 고맙다, 조심할게, 잘 부탁해.' 하고 진심을 담아 감사하고 조심할 것을 다짐합니다. 그러고는 쥘 르나르의 아침 묵상을 합니다. '눈이 보인다, 귀가 즐겁다, 몸이 움직인다, 기분도 괜찮다, 고맙다, 인생은 참 아름답다.' 그러곤 생각합니다. 듣도 보도 못한 헬렌 켈러 여사의 '하느님, 인류에게 하루만 눈이 보이지 않게 하는 축복을 내려 주옵소서.'라는 기도를.

우리는 평소 건강을 당연시합니다. 하지만 걷고, 보고, 듣는 것만으로도 얼마나 감사하고 축복받을 일인지 느껴야 합니다. 아파 누웠을 적엔 낫기만 하면 얼마나 행복할까 생각합니다. 그러나 낫고 나면 언제 그런 생각을 했던가, 까맣게 잊곤 그만 불평불만, 불행해집니다.

지금 아픕니까? 안 아프다면 행복해야지요. 아파 누웠을 때를 생각하면 그래야 하지 않을까요?

저 역시 미련해서 건강이 고마운 줄도 모르고 그것만으로는 행복해하지도 않았습니다. 그러나 허리와 무릎 덕분에 그나마 감사하고 내 몸을 소중히 가꿉니다. 덕분에 제 생체 나이는 거의 50대로 나옵니다.

일본 장수학회에서는 자기 나이에 0.7을 곱합니다. 50세×0.7을 하면 35세, 70세는 49세가 됩니다. 요즈음의 70세는 예전의 49세라는 계산입니다. 다른 계산법도 있습니다. 일률적으로 줄이는 게 아니라 사람에 따라 달리하는 방법입니다. 45세는 ±6세를 해서 열두 살 차이가 나는 39~51세가 되고, 75세는 ±9세를 해서 열여덟 살의 차이가 나는 66~84세가 됩니다. 늘그막에 동창회에 나가면 이 계산법으로 따져 봐야겠다는 생각이 듭니다.

눈물도
있어야

요즈음은 아이들도 잘 울지 않습니다. 아이들이 많지 않은 탓도 있지만 무엇보다 울어야 할 일이 없습니다. 아이는 욕구가 충족되지 않거나 하고픈 게 잘 안 될 때 웁니다. 고맙게도 옆에서 엄마가 미리 알아서 다 들어줍니다. 기다릴 것도 없고 참고 견뎌야 할 일도 없습니다.

이런 아이가 자라서 사회에 나가면 세상은 아주 딴판입니다. 어느 것 하나 마음먹은 대로 되는 일이 없습니다. 아이는 즉각 불평 불만을 터트립니다. 참고 기다리거나 견딜 줄 모릅니다. 성을 냅니다. 그대로 폭발합니다. 이런 반응은 본인은 물론 주위 사람들에게도 엄청난 파문을 일으키게 됩니다. 이런 아이는 합리적인 담론을 통해 절충할 줄 모릅니다. 의견이 대립하면 감정부터 폭발시키고,

욕설을 퍼붓고, 앉은 자리를 뛰쳐나갑니다. 대화에는 상대가 있습니다. 내 욕심껏 모든 걸 다 얻겠다는 소아기적 발로는 이제 접어야 합니다.

요즘 우리 사회는 이런 극한 대립으로 시끄럽습니다. 국제적 협상을 비롯해 정치권, 노사협의도 마찬가지입니다. 나는 지난번 광화문 촛불집회와 태극기집회에도 나가 봤습니다. 유모차를 끌고 온 엄마, 휠체어를 탄 백발노인까지, 그 추운 날 함성을 질러대는 통에 모두들 목이 쉬어 있었습니다. 어쩌다 우리나라가 이렇게 되었을까. 덜컥 슬픈 생각이 들었습니다. 전 흐르는 눈물을 주체할 수 없어 그냥 엉엉 울어 버렸습니다. 주위를 돌아보니 모두가 성난 얼굴, 자기주장에 핏대를 올리며 절규하는 사람들뿐이었습니다. 어느 쪽이나 나라를 걱정하는 마음 이해합니다. 그리고 고맙습니다.

이젠 차분해져야 합니다. 끓어오르는 분노와 울분을 삭이고 난국을 어떻게 헤쳐 나가야 할지 이성적으로 진지하게 생각해야 합니다. 때론 울기도 하면서.

유전은
운명인가

이혼 사유가 걸작입니다.

"저는 속아서 결혼했습니다. 사기를 당한 거죠. 지금 저 예쁜 얼굴이 아니라 정말 못생긴 여자였어요. 딸을 보십시오. 외할머니를 쏙 빼닮았어요. 우연히 마누라 옛날 사진첩을 보게 되었는데 딸이 그 안에 있었어요. 다 뜯어고쳤더군요. 그걸 알고 나니 마누라가 꼴도 보기 싫어졌습니다."

가정법원에서 실제로 있었던 사건입니다. 조정위원인 저를 쳐다보는 판사의 표정이 참으로 묘했습니다. 그가 제출한 사진을 보니 3대가 빼닮았습니다. 법정을 나와 판사가 묻습니다.

"유전도 운명인가요? 사진을 보니 그런 생각이 드는 걸요"

그럴 수도 있지만 유전자를 갖고 타고났다 해서 그것이 모두 발현되진 않습니다. 조건이 갖추어져야 합니다. 인류가 아프리카에서 살 때는 며칠 굶어야 할 때가 많았습니다. 그럴 때를 대비해서 장수 유전자가 발전되어 왔습니다. 지금 우리에게도 그 유전자가 있지만 작동하진 않습니다. '소식다동(少食多動)', 즉 적게 먹고 많이 움직여야 비로소 작동합니다. 현대인은 움직이진 않고 많이 먹어 비만하기 때문에 장수 유전자가 작동하지 않습니다. 장수자 중에 비만이 없는 이유가 여기에 있습니다.

유전자는 절대적이거나 운명적인 건 아니라는 게 최근 학계의 보고입니다. 조정이 가능하다는 겁니다. 우리가 일상에 하는 작은 언동 하나하나가 유전자에 기록되며 차츰 그 방향으로 조정된다는 뜻입니다.

유전자는 절대 불변의 것이 아닙니다. 똑같은 유전자를 타고난 일란성쌍생아도 각기 자라난 환경이 다르면 아주 딴사람으로 됩니다. 우리는 이러한 유전자의 변화를 '유전자 변이'라고 부릅니다.

좋은 생각, 좋은 말을 하면 유전자도 그렇게 조정되어 간다는 것이죠. 뇌뿐 아니라 우리 몸 세포 하나하나에 각인됩니다. 더구나 그것들이 모여 다음 세대로 유전된다니 일상생활에 임하는 자세가 얼마나 중요한지 좀 무서운 생각이 듭니다. 식자우환인가요?

당연히
토끼가
이겨야지

토끼와 거북이가 경주를 합니다. 시작과 동시에 한참을 앞서 내달린 토끼는 거북이를 얕잡아 보고 나무 그늘 아래에서 늘어지게 낮잠을 잡니다. 그러는 사이 땀을 뻘뻘 흘리며 쉬지 않고 달려온 느림보 거북이가 승리의 기쁨을 만끽합니다.

누가 이 이야기를 믿겠습니까. 그냥 우화일 뿐이지요. 아무렴 거북이가 토끼보다 빨리 뛸 수 있겠습니까. 그런데 이솝은 왜 거북이가 이기는 것으로 이야기를 꾸몄을까요? 작가 브루크너의 해석이 재밌습니다.

"이솝도 토끼가 이긴다는 것쯤은 당연히 알고 있지만 토끼녀석은 워낙 빠르기 때문에 그의 이야기를 읽을 겨를이 없다고 생각한 거죠. 그래서 자기 이야기를 읽어 줄 녀석은 느림보 거북이라고 생각했던 것입니다."

　대한민국은 지금 곁눈질할 틈도 없이 달려가는 '토끼 사회'입니다. 한국인들은 바쁜 토끼 사회에서 더 빨리 달리기 위해 소중한 것들을 수없이 놓치고 있습니다. 아이들에게도 더 빨리 더 앞서가라고 등을 떠밉니다. 하지만 토끼는 결코 행복하지 않습니다. 숨이 턱 밑까지 차오르도록 달리다가 쓰러질 뿐 승리는 느릿느릿 여유 있게 오는 거북이가 차지합니다. '천천히 그러나 꾸준히(slow but steady).' 병원에 입원한 수많은 사람들을 보면서 느끼는 단상입니다.

　우리는 무엇을 위해 그렇게 달려야 했을까요. 차라리 우화 속 토끼처럼 한숨 자기라도 했다면 다시 열심히 달릴 수도 있겠지만 지금 우리는 쉼 없이 달리기만 하다가 쓰러질 뿐입니다. 한국인은 무슨 일이든 시작을 하면 끝장을 봐야 직성이 풀리는 것 같습니다. 등산을 하면 이를 악물고 정상까지 올라야 한다고 핏대를 올립니다. 그것은 억지입니다. 자신의 상태에 맞게 적당히 즐기는 것이 진정한 산행이 아닌가요. 그만하면 됐다 싶을 때 중간에 내려오면 되는 것을! 정상에 안 오른다고 경찰이 잡아가나요? 그렇게 산을 오르면 발아래 핀 꽃 한 송이에 눈길을 줄 여유도 없습니다. 천하명산을 다녀와도 이야깃거리가 없습니다. 앞사람의 뒤통수만 보고 오르내리느라 정신이 없으니까요.

행복의
여신이
돌아간다면

행복의 여신이 엉엉 울면서 하늘나라로 돌아오자 하느님은 깜짝 놀랐습니다.

"무슨 일이냐? 인간 세상에 내려가서 사람들에게 행복을 전해 주라고 했거늘!"

"저도 노력했지만 그들은 저를 문 안으로도 들이지 않았습니다. 내가 여기 있노라 소리쳐도 거들떠보지 않았습니다."

하느님은 들썩이는 여신의 어깨를 다독이며 위로했습니다. 그러나 하느님도 이 문제를 어떻게 해결해야 할지 깊은 시름에 빠졌습니다.

하느님의 고민을 해결할 열쇠가 당신에게 있습니다. 우리 모두에게 있습니다. 문제는 열쇠가 어디 있는지 모른다는 것입니다. 찾았다 해도 어떻게 써야 하는지 방법을 모릅니다.

여기 잠시 앉아 보세요. 그리고 깊은 숨을 천천히 세 번 쉬어 보세요. 내가 지금 어디로 가고 있는지, 무엇을 위해 숨이 차도록 달리는지, 행복을 위해 너무나 많은 불행을 견디고 있는 것은 아닌지 천천히 생각해 보세요.

열쇠가 보이시나요? 어떻게 써야 할지 방법도 찾은 것 같군요.

두 번 다시 행복의 여신을 울려 돌려보내는 일은 없어야겠습니다.

달에
지은
초가삼간

'달까지 가서 짓는다는 게 겨우 초가삼간입니까. 기왕이면 최고 층 빌딩을 짓고, 부모님만 모실 게 아니라 온 동네 사람을 불러 잔 치라도 해야지요.'

철부지 시절 혼자 주절대며 웃었던 기억이 납니다. 하지만 그것 이 우리 선조들의 소박한 소망이었습니다. 욕심 없이 분수대로, 부 족해도 만족하며, 고맙게 생각했습니다. 그래서일까요. 어릴 적 불 렀던 달 노래에도 욕심이라곤 하나 없습니다. 달에는 '계수나무 한 나무, 토끼 한 마리'가 전부였습니다. 울창한 숲에 온갖 짐승이 뛰 어노는 풍성한 곳이 아니었습니다. 한국화에는 지팡이에 겨우 몸 을 의지하고 바람만 불면 날아가 버릴 것 같은 초라한 노인이 등장 하고, 집도 나무에 가려 겨우 지붕 끝만 보일락 말락 하게 그립니다. 자연 앞에 한없이 겸손한 자세라 생각됩니다.

우리는 대대로 자연 속에 묻혀 자연과 함께 살아왔습니다. 인간도 자연의 일부요, 연장선이었습니다. 자연 위에 서서 교만을 부리지 않았습니다. 때론 태풍이 몰아쳐도 하늘이 시키는 일처럼 운명으로 받아들이며 순응하며 살았습니다.

"허허, 하늘의 일인 걸 어쩌겠소."

폭우가 휩쓸고 간 농토를 바라보며 너털웃음을 짓던 촌로의 여유작작한 얼굴이 떠오릅니다.

단출하고 소박한 심성이라 큰 욕심이 없으니 불만이 있을 수 없습니다. 이것이 선비 정신의 핵심입니다. 이런 가르침은 하늘에서 떨어진 게 아닙니다. 생활에서 익힌 살아 있는 교훈입니다.

한국은 세계 10위권의 경제 대국입니다. 그런데도 불평불만만 가득합니다. 더 큰 것, 더 좋은 것…. 더, 더만 바라고 외칩니다. 욕심이 채워지면 신나겠지만 그렇지 않으면 즉각 불평이 터집니다. 시국을 탓하고, 정부를 욕하고, 자기가 다니는 회사까지 원망합니다.

'계수나무 한 나무, 토끼 한 마리.'

이런 동요를 부르며 행복해했던 어린 시절을 떠올려 보세요.

힐링
붐

온통 힐링입니다. 광풍이 불고 있습니다. 이것이 안 붙으면 장사가 안 됩니다. 10년 전, 제가 건강마을을 열었을 때는 세상은 온통 웰빙이었습니다. 그때 저는 한국인의 과로, 과격, 과잉 등의 기질을 생각하며 머지않아 '힐링'의 시대가 올 것을 예상했습니다. 그러자 주변에서는 세상이 온통 웰빙인데 무슨 힐링이냐며 나무라기도 했습니다.

한국인은 근대화 작업이 시작된 이래 너무나 민감하고, 과격하고, 충동적이고, 폭발적으로 변했습니다. 제가 어릴 적만 해도 비록 가난했지만 평화롭고 인정 많고 여유가 있었습니다. 지독한 전쟁의 참화 속에서도 인간미가 있었고, 서로 돕고 나누는 인정이 있었습니다. 80을 넘게 살아온 한국 근대사의 산증인으로서 자신 있게 말할 수 있습니다.

그러나 근대화가 시작된 1960년대 이래로 조급해지기 시작했습니다. 워낙 후발 국가요, 가난한 나라였기에 '잘 살아 보자'는 구호는 종교처럼 다가왔습니다. 정말 열심히 일했습니다. 밤낮이 없었습니다. 모두가 일 중독자처럼 무섭게 변했습니다. 한가한 농촌 생활과는 아주 딴판이 되었습니다. 농사는 미리 해 둔다고 될 일이 아닙니다. 씨를 뿌리고 기다려야 합니다. 하지만 산업화는 기다려서는 안 됩니다. 남보다 한발 앞서야 합니다. '빨리빨리'가 우리의 국민성이 된 배경입니다.

목표 달성을 위해 무리하고 억지도 부립니다. 지난 반세기 동안 목전의 작은 이익을 위해 핏대를 올리고 다투는 참으로 각박한 세월을 살았습니다. 지금도 이런 연장선에 있습니다. 잘 산다는 게 무슨 의미인지 새삼 묻지 않을 수 없습니다. 자연 파괴, 생활 습관의 난조는 우리의 심신에 상처를 주고 있습니다.

힐링은 이 시대의 요구입니다. 이것이 잠시나마 마음을 가라앉히고 평온을 되찾아야겠다는 운동이 일어난 사회적 배경입니다.

언제나
밝고
긍정적으로

'언제나 밝고 긍정적으로.'

제가 강연장에서 잘 하는 말입니다. 제 책에도 자주 등장합니다. 물론 제가 제일 먼저 쓴 것은 아닙니다. 긍정 심리학에서는 이런 내용이 전부여서 책으로도 몇 권 나와 있고, 많은 세계 학자들도 공감합니다.

말대로 한다면 이보다 더 좋을 순 없을 것입니다. 언제나 밝은 미소를 지으며 세상만사를 긍정적으로 본다면 무슨 걱정이 있겠습니까. 문제는 세상살이가 그리 녹록지 않다는 점입니다. 그래도 항상 웃고 긍정적으로 살라니 이야말로 웃기는 소리입니다. 미치지 않고서야 어떻게 언제나 웃으며 살 수 있단 말입니까.

인간의 뇌는 구조적으로도 이렇게 될 수 없습니다. 사노라면 밝은 웃음이 절로 나고, 행복한 기분에 젖을 수도 있습니다. 문제는 이런 긍정적 감정이 오래가지 않는다는 점입니다. 뇌는 나쁜 일이 있거나 해를 끼칠 자극에 주의를 기울이고 계속 신경을 씁니다. 이 것이 방어본능입니다. 그렇지 않은 자극에는 안심하며 신경을 쓰지 않습니다. 그래서 긍정적인 생각이나 행복은 오래가지 않습니다. 이것이 행복이라는 고급 감정의 결정적인 약점입니다. 마치 당연한 것으로 느껴지는 당연 심리에 빠지면 행복한 기분은 막을 내리고 권태가 찾아옵니다.

힘겹게 산에 오르고 정상에 서면 '야호' 소리가 절로 나옵니다. '기분 좋다, 해냈다'는 자부심도 생기고 발아래 경치를 내려다보며 감동과 함께 행복에 젖습니다. 하지만 그 기분이 얼마나 가던가요?

땀이 마르면 슬슬 내려갈 걱정에 다리가 무겁습니다. 환희를 맛보려면 다른 정상을 또 올라야 합니다. 다음에는 좀 더 높고 힘해야 환희가 더 큽니다. 이것이 행복의 속성입니다. 행복 커브는 오르락내리락하는 곡선이지 평행선이 아닙니다. 힘든 고비를 넘겨야 비로소 찾아오는 게 행복입니다. 하지만 오래가지 않습니다. 행복의 속성을 이해한다면 불행에 울지 않을 것입니다. 고비를 넘겨야 한다는 걸 알기 때문입니다.

산으로
오세요

바위에 정좌한 후, 허리를 펴고 눈을 감아 보세요. 절로 호흡이 편해집니다. 이렇게 편안한 상태가 되면 호흡은 1분에 20회, 맥박은 70번, 신체활동 주기 90분, 혈당치는 100이 되고 식후 6시간 후에는 배가 고파옵니다. 이런 생리적 리듬에 따라 살면 뇌 속에 쾌적·평화 호르몬인 세로토닌이 분비됩니다. 인간은 본능적으로 이런 상태를 추구합니다. 이것이 항상성의 본능입니다. 외부 환경이 어떻든 우리 내부는 항상 일정하게 유지되어야 합니다. 이것이 무너지면 병이 날 뿐만 아니라 인생이 무너지게 됩니다.

불행히도 하루에 몇 차례씩 이런 평화로운 균형이 깨집니다. 숲 속의 원시인은 바스락 소리에도 교감신경이 흥분합니다. 호흡, 맥박이 빨라지고 입에 침이 마르고 머리가 쭈뼛합니다. 토끼면 따라가 잡아야 하고, 사자면 달아나야 합니다. 싸우거나 달아날 반응 (fight or flight response), 이것이 개체 보존의 본능입니다. 이제 도시에서 사자 걱정을 할 일은 없지만 그보다 더 무서운 자동차와 사람이 있습니다. 도시생활은 긴장일색입니다. 비상감시체제가 작동 중이라 공격성 호르몬인 놀아드레날린이 과잉 분비됩니다. 이것이 스트레스입니다. 문제는 스트레스를 받으면 세로토닌이 억제된다는 점입니다.

'아! 이 세상 어딘가에 모든 긴장이 스르르 풀리는 그런 곳이 있었으면.'

누구나 해 보는 생각입니다. 깊은 산속이 그 해답입니다. 숲에는 자연치유력이 있습니다. 숲 생활로 암이 치료되었다는 기적 같은 이야기가 지금은 의학적으로 증명되었습니다. 숲 속에 그냥 있는 것만으로도 항암 세포인 엔케이(NK) 세포가 증가한다는 산림과학청의 보고입니다.

산에는 식자재를 비롯해 모든 게 자연산입니다. 일체의 인공화합물이나 발암제가 없습니다. 환경도 자연 그대로입니다. 시한부 선고를 받은 말기 암 환자가 모든 걸 포기한 채 마음을 비우고 죽음을 맞기 위해 산에 들어왔는데 웬걸, 10년을 넘게 건강하게 살고 있습니다.

인간은 자연과 함께 있을 때 가장 편안합니다. 가장 행복하고 건강합니다. 자연과 멀어지면서 건강도, 안녕도 멀어졌습니다. 자연의 순리에 역행하는 도시 생활이 건강을 망치고 있습니다. 인공적이고 인위적인 반자연적인 것은 건강을 해칩니다. 특히 인공 화학 제품은 가장 악질입니다. 하지만 도시를 떠나는 것은 현실적으로 쉽지 않습니다. 틈틈이 잃어버린 자연성을 회복하는 데 각별한 관심을 가져야 합니다.

웰빙도 따지고 보면 자연성 회복입니다. 육식을 줄이고, 무공해 자연식을 늘리고, 자동차를 타지 않고, 걷고, 달리고…. 수만 년 동안 인간이 살아온 자연스러운 모습으로 그렇게 생활하자는 겁니다. 이것이 네이처빙(Nature Being)입니다.

대우주의
신비로운
산물

"지금 체중이 얼마요?"

"80kg이요."

"태어날 때는?"

"3kg이요."

"그러면 나머지 77kg은 어디서 온 것이죠?"

"네?"

철웅 스님이 계속 묻습니다.

"고기도, 온갖 산해진미도 다 먹었을 테고, 물도 공기도 들이마
시고…. 그렇게 온 우주가 참여해 만든 게 나머지 77kg입니다. 그게
내 것이라는 생각은 마십시오. 우주의 것입니다."

대구 파계사 성전암, 깜깜한 새벽에 시작된 스님과의 독대는 아

침 공양시간도 한참을 지나서야 끝났습니다.

 '하긴 태어날 때 3㎏인들 그게 어찌 내 것인가? 우주가 열리면서 잉태된 생명체가 자자손손 이어져 엄마 배 속을 거쳐 나온 대우주의 신비롭고 위대한 산물인 것을!'

 저는 울증으로 자살을 생각하는 사람들에게 이 이야기를 들려주곤 합니다. 스님은 공양을 마치고 저를 암자 한구석 작은 방으로 안내합니다. 깜짝 놀랐습니다. 방에는 국보급 보물이 가득했습니다. 스님은 직언(直言)으로 유명합니다.

 "이 박사, 한 점 집어. 이게 다 내가 받은 뇌물이야. 무슨 죄를 그

렇게 지었는지 나한테 이걸 바치면 극락에 가는 줄 알고! 욕심하
곤! 이 세상에서 그렇게 부귀영화를 누렸으면 죽어서 극락은 서민
들에게 자리를 비워 줄 것이지, 쯧쯧."

  탐은 나지만 차마 손이 안 갔습니다. 돌아오니 스님이 백자 한 점
을 신문지에 싸 상좌를 시켜 차에 실어 놓았습니다. 나무아미타불.

심호흡의
효과

인도에는 '고행(苦行)을 하면 득도(得道)한다.'는 말이 오래전부터 전해 내려오고 있습니다.

인도 북부의 한 청년이 집을 떠나 6년 동안 온갖 고행을 다 했습니다. 하지만 번민은 그대로이고 마음이 괴로운 것도 매한가지였습니다. 지쳤습니다. 보리수 아래 긴 한숨을 내쉽니다.

"후유."

순간 후련하고 마음이 편안해집니다. 호흡을 가다듬고 그대로 앉아 얼마가 지났습니다. 마음이 가라앉고 세상 근심이 사라지기 시작합니다. 이윽고 이 젊은이는 세상 진리를 터득하게 됩니다.

우리는 이 젊은이를 석가여래 부처라 부릅니다. 그리고 이 젊은이가 체험으로 터득한 심호흡법은 화가 나거나 심성이 거칠어질 때 자율신경을 조절할 수 있는 유일한 방법으로 오늘날까지 전해지고 있습니다. 뇌과학적으로도 증명되어 모든 심신 수련의 기본으로 삼고 있습니다.

일상에서도 불안과 공포에 질릴 때면 천천히 심호흡을 함으로써 마음을 가라앉힙니다. 가슴이 답답할 때, 속이 상할 때는 '후유' 하고 긴 한숨이 절로 나옵니다. 순간 속이 후련하고 시원해집니다. 숨을 들이쉴 땐 산소만이 아니라 우주에 충만한 온갖 기운도 함께 들이마십니다.

영어에선 흡기를 'inspiration', 즉 'in-spirit', 영혼을 들이마신다고 합니다. 숲 속에 들어선 순간 신선한 기운이 느껴집니다. 거기에는 우주의 기운, 대자연의 숨결, 대우주의 혼이 깃들어 있습니다. 천천히, 깊이 들이마시면 우주와 하나가 됩니다.

깊은 산속의 절간 스님의 참선이 아니어도 좋습니다. 심호흡은 명상의 기본입니다. 우리는 한숨을 쉬면 무슨 걱정이 있냐는 등 부정적인 말을 합니다. 하지만 생리적으로 대단히 유효한 치료법입니다. 한숨을 길게 쉬노라면 긴장을 풀어 주는 부교감신경이 우위로 되면서 교감신경을 잠재우는 효과가 있습니다. 규칙적으로 심호흡을 하면 리듬 운동이 되어 세로토닌이 분비된다는 것도 증명되었습니다. 오늘을 사는 격정적인 한국인에게 가장 필요한 게 심호흡입니다.

자연의학

인간을 비롯해 모든 생물은 스스로를 지켜내는 방어력이 있습니다. 그리고 균의 침입이나 환경 변화 등으로 병이 들면 이를 스스로 치유하는 힘, 즉 자연치유력이 있습니다. 불행히도 현대 도시인은 공해, 스트레스, 약물 오남용 그리고 지나친 편이, 쾌적함에 의존한 나머지 자연치유력이 현저히 떨어져 있습니다. 이를 자연스럽게 보강하는 것이 예방이요, 양생이요, 자연의학입니다. 이것이야말로 경제적이고 이상적인 첨단 의료입니다.

현대 의학은 크게 두 가지 방향으로 발전하고 있습니다. 하나는 최첨단 의료기기나 약물 등을 사용하여 응급 상황에 대처하는 의학이며, 또 하나는 자연의학입니다. 대체로 전통의학, 민간요법, 대체의학 등이 여기에 속합니다.

자연의학에서 다루는 질환들은 만성병, 난치병으로 분류됩니다. 가령 당뇨병, 고혈압, 암, 비만, 간장병 등은 나쁜 생활환경이나 생활습관 등으로 발병되기 때문에 생활습관병(Life Style Disorder)이라고 부릅니다. 이런 질환들은 생활환경이나 습관을 개선하면 예방되고 치유도 됩니다. 생활습관병을 방치하면 여러 가지 병발증으로 응급의료가 필요하게 됩니다. 당뇨병, 고혈압으로 사람이 죽진 않습니다. 다만 병발증이 문제가 됩니다. 물론 이 경우에도 병원에서 응급치료가 끝나면 발병의 근본 원인인 생활환경 및 습관을 개선해야 합니다.

세계적으로 의료 방향의 대세는 예방입니다. 여기에는 3단계가 있습니다. 1차 예방은 아예 병이 안 나게 하는 것이며, 2차 예방은 작은 문제가 본격적으로 진행되지 않게 하는 것이며, 마지막은 발병된 경우 병발증을 예방하는 것입니다. 어느 단계든 약화된 자연치유력을 보강하는 게 근본 요건입니다.

자연치유력에는 세 가지 중요한 기능이 있습니다. 첫째, 항상성 기능으로 환경이 어떠하든 우리 몸은 항상 일정해야 합니다. 둘째, 상처 재생 기능으로 상처가 나도 저절로 낫게 합니다. 셋째, 면역 기능으로 세균이나 바이러스 침입에 대항하는 힘을 갖는 것입니다.

의학은 자연치유력을 튼튼하게 하는 학문입니다.

예방이 우선

지난 봄, 일본 통합의학협회장 아쓰미 선생이 우리 건강마을에 견학을 왔습니다. 감탄 연발입니다.

"역시 한국은 다르군요. 이곳이 바로 세계 첨단 의료 기지입니다. 일본은 이제 겨우 구상 단계인데."

그는 이어 잘라 말합니다.

"이제 병원에서 치병하는 시대는 마감되고 있습니다. 지금부터는 예방과 양생의 시대입니다. 치료는 이미 늦습니다."

그렇습니다. 세계 의학의 조류는 단연 예방, 양생, 웰빙입니다. 생활습관병은 일단 발병하면 평생을 붙어 다니는 고질입니다. 암, 당뇨병, 고혈압 등이 일단 발병하면 그 순간부터 당신의 운명이 바뀝니다. 장시간 병원 대기, 높은 치료비, 먹고 싶은 것도 못 먹는 등 삶의 질도 최악이 됩니다. 수많은 환자들을 보면서 '이래서는 안 된다'는 의사로서의 양심이 산골에 예방 마을을 만들게 했습니다. 딱하게도 한국 성인 셋 중 둘(62.3%)은 반 건강 환자로, 자각 증상이 없으니 건강하다고 믿지만 의학적으로는 환자거나 이미 병의 경과 중에 있습니다. 해마다 노인 의료비가 20%씩 증가하여 지난 5월에는 전체 의료비의 21%에 이르렀습니다. 노인 의료비가 50%를 넘으면 국가 재정이 흔들립니다. 초고령화 사회, '설마 내가?' 하고 미련을 떨 일

이 아닙니다. 이젠 예방입니다.

　노령 인구는 날로 증가하고 있고, 한국만큼 예방에 대한 개념이 얕은 나라도 없습니다. 의사로서가 아니라 국민의 한 사람으로서 걱정이 아닐 수 없습니다. 정치, 경제, 외교, 국내외 사정이 녹록지 않습니다. 100세 시대를 코앞에 두고 건강마저 문제가 생긴다면 어쩔 작정입니까. 진지하게 물어봐야 할 시점입니다.

왜
지금
세로토닌인가

마음이 병을 만든다고 했지만 그건 물론 나쁜 마음을 먹었을 때입니다. 그렇다면 건강에 좋은 마음은 무엇일까요? 한마디로 세로토닌이라는 게 뇌과학적 결론입니다. 세로토닌은 뇌 속의 50여 가지 이상의 신경전달물질 중 하나이며 가장 중요한 호르몬입니다. 세로토닌의 대표적 기능은 세 가지입니다.

① 본능적 욕구가 충족될 때 기분이 좋고 행복합니다(행복 물질).

② 뇌가 극단적으로 가지 않게 조절하는 오케스트라의 지휘자 역할을 합니다. 공격성, 지나친 흥분이나 우울, 수면, 식욕, 통각 등을 조절함으로써 평상심을 유지시켜 줍니다(조절 호르몬).

③ 항중력근에 작용하여 자세가 반듯하고 얼굴 표정이 밝아집니다(메인 호르몬).

이상의 기능을 볼 때 세로토닌이 부족하면 여러 가지 문제가 생길 수 있습니다. 세로토닌의 결핍으로 오는 대표적인 증상은 다음과 같습니다.

① 우울, 자살

② 강박, 중독

③ 공격, 충동

④ 수면장애

⑤ 섭식장애

⑥ 불안, 공황장애

⑦ 만성피로

이런 질환들은 취약한 개인에게 오지만 오늘의 한국사회가 이렇게 몰고 가는 측면이 강하기 때문에 대표적인 사회정신병리현상으로 볼 수 있습니다.

그렇다면 현대인은 왜 세로토닌이 부족할까요?

리드미컬한 신체 운동이 현저하게 감소했기 때문입니다. 우선 씹기입니다. 우린 씹지 않습니다. 우유, 요구르트, 햄버거 등과 같은 음식은 씹을 것도 없습니다. 옛날 조상은 하루에 6천 회를 씹었는데, 요즘 사람들은 200회밖에 씹지 않습니다. 잘 씹어야 침과 반죽이 잘 되고 소화도 잘 되어 면역력, 항암 작용, 기억력도 좋아집니다. 다음은 걷기입니다. 우리 조상들은 하루에 3만 보를 걸었는데 현대인은 3천~5천 보를 걷는 것도 쉽지 않습니다. 게다가 계단 공포증까지 있습니다. 하루에 1만 보씩 즐겁게 걸읍시다. 걷기보다 더 좋은 운동은 없습니다. 끝으로 힘든 일도 없으니 크게 심호흡할 일도 없습니다. 우리가 무의식중에 하는 호흡은 얕고 짧습니다. 하루에 여러 번 아랫배로 천천히, 깊이 호흡해야 합니다.

세로토닌 원료인 트립토판은 육류나 치즈, 유가공품에 많이 함유되어 있는데 다이어트로 인해 부족하게 섭취하고 있습니다. 이것이 뇌 속으로 흡수되기 위해서는 당분이 필요한데 이 역시 부족하고, 마지막 단계에선 태양광선이 필요한데 이 역시 부족합니다.

힐링은 뇌과학입니다. 요즈음 힐링이 붐인 이유는 사람들이 행복과 쾌적함, 편안한 마음을 희구하기 때문입니다. 이것이 바로 세로토닌의 기능입니다. 힐링이란 뇌 속에 세로토닌이 풍부하게 활성화된 상태를 말합니다.

병은
마음에서

　모든 병은 마음이 만듭니다. 생활습관병도 따지고 보면 마음이 만드는 병입니다. 습관이란 그 자체가 마음입니다. 고기를 많이 먹는 것, 운동하지 않는 것, 금연과 절주를 못 하는 것도 모두가 마음입니다.

　우리 조상은 현명했습니다. 우린 예부터 수련 하면 심신 수련이었습니다. 마음을 닦아야 몸이 바로 된다는 경험에서였습니다. 서양의학은 몸 따로, 마음 따로입니다. 이것이 서양의학의 결정적 한계입니다. 그러나 하버드 대학 내과 벤슨(Benson) 교수가 명상으로 혈압을 낮추고 심장병을 고칠 수 있다고 보고하자 서양의학계는 큰 충격을 받았습니다. 그 이후 심인성(心因性), 즉 몸의 병도 마음에서 기인한다는 것으로 의학 개념의 혁명적 변화가 일어나기 시작했으며, 미국에 명상 붐이 일어난 것도 그즈음인 1990년대부터입니다. 늦게나마 다행입니다. '명상은 동양의 신비가 아닌 증명된 과학이다.' 이것이 미국의 첨단 과학자들이 내린 결론입니다. 미국의 명상 인구는 2천만 명을 넘었습니다.

심신일여(心身一如). 몸과 마음은 하나라고 한 우리 조상의 슬기에 새삼 감탄이 나옵니다.

사랑의
옥시토신

　세로토닌은 쾌적, 행복 호르몬입니다. 그러나 이건 개인에 국한된 일입니다. 우리는 여기서 한발 더 나아가 가족이나 친지는 물론이고 더 넓게는 인류 사회 전체를 보듬어 사랑과 애정이 넘치는 사회를 만들어야 합니다. 병든 근대 문명의 대안으로는 쾌적, 행복의 세로토닌뿐 아니라 사랑의 옥시토신도 매우 중요합니다. 옥시토신의 기능 및 효과는 다음과 같습니다.

　① 사랑과 애정이 넘치게 합니다.

　② 타인에게 친근감, 신뢰감을 줍니다.

　③ 스트레스가 줄어들고 행복감을 얻습니다.

　④ 혈압 상승을 억제합니다.

⑤ 심장 기능을 좋게 합니다.

⑥ 장수할 수 있게 해 줍니다.

옥시토신은 언제 분비될까요?

모성애에서 비롯됩니다. 엄마가 아기를 안고 수유할 때만큼 사랑이 넘치는 때는 없습니다. 이것이 모성애의 기본이고, 이때 옥시토신이 넘쳐납니다. 또 폭넓은 사랑에서 비롯됩니다. 몇 해 전까지만 해도 옥시토신은 모성애 호르몬으로 여성의 전유물로 알려져 있었습니다. 그러나 최근 연구에 의하면 모든 사랑의 대상에서도 분비된다는 게 밝혀졌습니다. 이성 간의 사랑이나 섹스에서도 나타나지만 넓은 인간관계나 애완동물과의 교감에서도 나타납니다.

어디서 어떻게 분비될까요?

옥시토신은 생명의 중추인 시상하부에서 분비됩니다. 그러나 활성화되는 부위는 조금씩 다릅니다. 모성애의 경우는 성적인 감각과는 달리 전두엽과 후두엽에서 활성화되고, 이성 간 사랑의 경우에는 시상하부에서 활성화됩니다. 옥시토신이 잘 분비되는 사람은 어릴 적 애정을 듬뿍 받고 자란 사람입니다. 애착 관계, 신뢰 관계가 두터워서 어른이 되어서도 쉽게 분비됩니다.

옥시토신을 활성화하는 기법이 있을까요?

세로토닌과 옥시토신은 행복과 사랑이지만 실제 생활에서는 이 둘을 엄밀히 구별할 수 없습니다. 옥시토신은 한마디로 사회생활의 윤활유 역할을 합니다. 친절, 감사, 기도, 공감 속에 움트는 게 옥시토신입니다. 세로토닌 활성화의 기본적인 방법 외에, 구체적인 것은 졸저《세로토닌의 힘》,《옥시토신의 힘》을 참조하시기 바랍니다.

다만 차이가 있다면 세로토닌이 개인의 주관에 머문다면, 옥시토신은 사랑의 대상이 있어야 합니다. 더 큰 차이는 세로토닌은 스트레스를 받으면 기능이 약화되고 억제되지만 옥시토신은 반대로 스트레스를 억제합니다. 여성이 임신, 분만, 육아의 힘든 스트레스를 이겨낼 수 있는 것은 옥시토신 덕분입니다.

전두엽을
젊게

　최근 정신의학계의 화두는 단연 전두엽입니다. 전두엽은 대뇌의 최고사령부로서 인간이 인간다울 수 있는 중추적 역할을 합니다. 행복, 명예, 자긍심, 긍지 등 고급 감정을 비롯해 사유, 사색, 창조 등 고급 인지 기능도 전두엽에서 이루어집니다. 생기, 의욕, 활력 등도 여기에서 비롯됩니다.

　인간은 60대가 지나면 뇌 전체의 6~7%가 위축되지만 전두엽은 워낙 예민하고 고급스러운 부위여서 관리를 잘못하면 거의 30%가 위축됩니다. 이렇게 되면 좋은 것도 없고 생기도 의욕도 없는 진짜 노인이 됩니다.

　전두엽에 젊음을!

◆ 전두엽을 젊게 하는 키포인트

• 감성적인 사람이 되어야 하며 감동을 잘 받아야 합니다.

• 도전적인 삶을 지향하며 지적 자극을 많이 받아야 합니다.

• 사람들을 소중히 여기며 감사한 마음을 가져야 합니다.

• 화를 잘 참고 잘 풀어야 합니다.

• 미래 지향적 기획을 하며 창조성을 발휘해야 합니다.

• 외국어 등 새로운 분야에 도전하고 여행을 많이 해야 합니다.

• 명상, 기도, 사색 등을 자주 하며 고독을 즐겨야 합니다.

• 인류 사회를 위한 높은 이상과 중장기 목표를 가져야 합니다.

• 사랑을 많이 하고 섹시하게 가꿔야 합니다.

• 균형 잡힌 식사와 운동을 해야 합니다.

적어 놓고 보니 그리 어려운 일도 아닙니다. 그러나 이런 작은 일들이 인간을 인간답게 만들어 주는 바탕이 됩니다.

싫은
건
말자!

 아무리 건강에 좋다고 해도 싫은 일이면 하지 말아야지요. 싫은 것을 억지로 했다간 그게 스트레스로 작용해 엄청난 폐해를 가져옵니다. 좋아서 하다가도 중간에 싫어지면 그만두면 됩니다. 후회도, 자책할 것도 없습니다. 의지가 약하다느니 또 실패했다느니 자학할 것도 없습니다. 확실한 건 한 만큼 득이 된다는 사실입니다. 설령 건강에 나쁘다고 해도 좋으면 하는 겁니다. 먹고 싶은 걸 억지로 참아 보세요. 그거야말로 병이 됩니다.

 '핀란드 증후군'을 아십니까. 핀란드 정부에서 실시한 획기적인 연구 결과입니다. 여러 회사의 중간 간부들을 600명씩 두 그룹으로 나누어 A그룹은 의사가 짜 놓은 건강 수칙대로 살게 하고, B그룹은 평소대로 생활하게 하였습니다. 15년 후 두 그룹의 결과는 예상을 뒤엎었습니다. 질병 발병률, 행복지수, 생활만족도, 사망률의 모든 면에서 모범적인 A그룹이 훨씬 못하다는 결과가 나온 것입니다. 결론은 '적당히 즐기면서' 해야 한다는 것입니다.

무슨 일이든 융통성이 있어야 하는 건 이 경우에도 예외가 아닙니다. 다만 건강에도 좋고 하고 싶은 게 있으면 바로 시작하는 겁니다. 예컨대 젊었을 때 즐겼던 운동을 다시 시작해 보는 겁니다. 만보계를 착용하고 즐거운 산책길에 오를 수도 있습니다. 문제는 내가 하고픈 게 무엇인지, 어떤 가치관을 갖고 있는지, 하면 누구와 같이할 것인지 자기 자신과 진지한 상담을 해야 합니다. 다만 즐겁게 하는 게 원칙입니다.

런닝머신에서 이를 악물고 달리는 사람을 더러 보게 됩니다. 이건 수련이 아니라 단련입니다. 단련은 태릉선수촌이나 해병대의 훈련처럼 인간의 한계를 뛰어넘는 견디기 힘든 운동입니다. 건강을 위해서 심신을 다듬는 정도로 하는 것이 수련입니다.

건강이 인생의 목표가 될 수는 없습니다. 잘 살기 위한 수단으로 건강이 있어야 합니다. 건강을 위해 단련한다는 것은 스스로를 불행하게 만드는 것입니다. 힘든 과정을 참아내는 것은 고행이요, 스트레스요, 불행입니다. 행복을 위한 건강이지 불행을 위한 건강이 아닙니다.

5월
6일

5월 6일, 이름하여 '세계 노 다이어트데이(International No Diet Day)'
입니다. 빼빼 마른 몸매의 횡포를 거부, 다이어트로부터의 독립을
선언하고 세상 사람들이 지닌 다양한 체구와 몸매를 축하하는 날
입니다. 이날은 옷깃에 연푸른 리본을 달고 체중계를 부숴 버리고
돼지처럼 먹습니다. 금지된 기쁨일까요? 일종의 반항적 쾌락입니
다. 먹고, 마시고, 빈둥거리고 하고픈 대로 실컷 한번 해 보는 날입
니다.

다이어트의 95%는 실패한다는 걸 뻔히 알면서도 계속 자기 환
상에 시달리고 있습니다. 지난 30년간 미국에선 기적 같은 다이어
트 붐이 연달아 일어났습니다. 그러나 이것은 몇몇 사람의 호주머
니만 부풀게 했고, 그러는 사이 미국인의 평균 체중은 20kg이나 늘

어났을 뿐입니다.

'1주일에 ○○킬로그램, 안 빠지면 전액 환불.' 길에서 흔히 볼 수 있는 광고판입니다. 정신 차려야 합니다. 어차피 돌려받을 돈이면 아예 거래를 않는 게 좋습니다. 괜히 고생만 합니다. 건강에는 기적이 없습니다. 하루아침에 이루어지는 것 또한 아닙니다. 균형 잡힌 식단과 운동, 과학적 보조제, 그리고 꾸준히 오래 하는 것만이 열쇠입니다.

'허리 5cm 줄이기' 캠페인의 근본적인 이해가 필요합니다. 비만이 만병의 근원이란 건 이제 상식입니다. 단, 급히 서둘면 안 됩니다. 단기간의 다이어트로 목표가 달성되었다 해도 생활 습관 전반의 개선이 없다면 반드시 재발(rebound)합니다. 그때는 더 나쁜 체질이 됩니다. 왜냐하면 6kg을 감량했다 해도 줄이고 싶은 건 지방 덩어리인데, 실제로는 근육 3kg과 지방 3kg, 즉 1:1로 줄었기 때문입니다. 재발하면 근육은 바로 불어나지 않고 지방만 6kg 불어나게 됩니다.

따라서 일단 3개월에 5kg, 한 달에 1~2kg을 목표로 감량합니다. 그것도 생활 습관 전반에 대한 개선을 목표로 해야 합니다. 전체적, 전인적 접근을 통해 완전히 습관화하는 데 최종 목표를 두어야 합니다. (졸저《허리 5cm 줄이기》참조.)

좋은
습관
만들기

잘못된 생활 습관을 개선하는 것은 건강한 인생을 살기 위한 가장 기본적인 과제입니다. 이 과제를 해결해야만 그 무서운 암, 심장병, 당뇨, 뇌졸중과 같은 생활습관병을 예방할 수 있습니다.

습관을 개선하는 데는 몇 가지 단계가 있습니다. 우선 '관심'을 가져야 합니다. 무심코 하는 나쁜 습관에 대해 이래선 안 되겠구나 하는 생각부터 가져야 합니다. 바꿔야겠다는 생각이 들면 어떻게 할 것인지 준비하고, 바로 '실천'합니다. 그리고 이 대단한 실천이 유지될 수 있도록 자신을 독려하고 '지속'해야 비로소 습관이 바뀌게 됩니다. 대개 10주 정도 걸립니다. 백일기도면 만사형통이라는 우리 조상은 참으로 슬기로웠습니다.

이때쯤이면 새로운 습관회로가 생기고 세로토닌 신경에도 구조적 변화가 오게 됩니다. 하지만 우리는 완성 단계까지 욕심을 내려고 하지는 않습니다. 관심을 두는 것만으로 만족하려 합니다. 인간만큼 편한 데 잘 길들여지는 동물은 없습니다. 고친다는 게 쉽지 않다는 걸 우린 잘 알고 있습니다. 그러나 고치지 않으면 안 된다는 것 또한 알고 있습니다.

모든 습관은 뇌 속에 신경회로가 생겼다는 뜻입니다. 나쁜 습관도 마찬가지입니다. 만약 흡연 습관을 고치겠다고 결심했으면 먼저 흡연 습관회로부터 차단해야 합니다. 술이나 커피를 마시면 담배 한 대가 생각날 겁니다. 피고 나면 기분이 좋아지는 보상도 따릅니다. 하지만 금연을 결심했다면 습관회로의 어딘가를 반드시 끊어야 합니다.

일단 자극을 끊어야 합니다. 자극이 들어오면 뇌는 자동으로 습관회로대로 움직입니다. 자극이 들어와 충동이 발동된 이상 이것을 의지로 끊기란 대단히 어렵습니다. 물론 자극부터 차단하는 것도 매우 어렵습니다. 직장 동료와의 커피타임, 친구들과의 술 한잔.

모두 피하기가 쉽지 않은 자극입니다. 그때는 그보다 좋은 대치물이 있어야 합니다. 커피나 술보다 좋은 것, 혹은 자극이라도 좋은 것이 있으면 나쁜 습관회로를 끊기도 쉽거니와 좋은 습관회로를 만들기도 한결 쉬워집니다.

그 시간에 극장이나 영화관, 체육관을 가는 것은 어떨까요. 자기계발을 위한 영어 강좌도 참 좋은 대치물입니다.

'New style, New start, New life.' 이것이 우리의 궁극적인 목표입니다.

장수촌은
산골에
있다

   절이나 수도원은 대개 깊은 산속에 있습니다. 산이니까 비탈길을 올라야 합니다. 왜 그 높은 곳을 힘들게 올라야 할까요?

   수도(修道)를 하는 곳은 비탈길이어야 합니다. 절 가는 길은 참 아름답습니다. 개울물 따라 굽이굽이 돌아 흐르는 물소리, 바람 소리, 맑은 공기, 푸른 녹음, 그윽한 숲 향기…. 이보다 좋은 치유제가 없습니다. 절로 마음이 편안해집니다. 힐링이 됩니다. 이럴 때 뇌 속에는 세로토닌이 넘쳐납니다. 마음이 맑아지고 명상의 경지에 들게 됩니다.

   세계적으로 유명한 장수촌은 모두 산골 비탈길에 있습니다. 마음만이 아닙니다. 비탈길을 오르노라면 다리가 튼튼해지고 심폐 기능이 좋아지고 심장이 튼튼해집니다. 대사도 활발해지고 모든 활동성 호르몬이 분비됩니다. 정력도 체력도 좋아집니다. 건강에 이보다 좋은 게 또 있습니까. 적당히 땀도 흐르겠지요.

우리의 건강 5대 목표 중 하나는 100세를 넘어서도 내 발로 걸을 수 있어야 한다는 것입니다. 이곳에 사노라면 따로 운동하지 않아도 절로 그렇게 됩니다. 한여름에도 시원한, 소위 별장지대가 지내기는 좋지만 건강에는 취약점이 있습니다. 해발 $700m$ 이상이면 여름에도 땀이 안 납니다. 그러나 장수촌은 대체로 $300m$쯤에 있습니다. 여름에는 좀 덥고, 겨울에는 춥습니다. 특히 우리처럼 사계절이 분명한 곳에서는 계절에 맞추어 살아야 면역력이 높아집니다.

도심에서도 운동은 할 수 있습니다. 그러나 인공적인 환경에서 하는 운동은 산에서 절로 되는 운동과 비교할 수 없습니다. 그리고 운동을 하지 않고 운동한 것과 같은 효과를 내는 건 정말 없습니다. 명심하십시오. '웃기지 마, 세상에 그런 게 어디 있어!' 참고로 미국 보건성이 운동기구에 대해 한 경고를 적어 둡니다.

◆ 운동기구에 대한 경고

• 땀 흘리지 않고 단기간에 살을 빼는 방법이나 기계 → 없음.

• 운동하지 않고 운동과 같은 효과를 내는 것 → 없음.

• 특정 부위의 지방만 연소되는 일 → 없음.

• 작은 글씨로 '다이어트와 함께 하면 효과' → 요주의

• 사용 전후 사진, 나도 같은 효과… 글쎄?

불편을
찾아서

과학 문명은 편이, 쾌적, 효율을 추구합니다. 어딜 가든 차로 가면 편하고 빠릅니다. 그러나 역기능도 만만치 않습니다. 매연, 소음, 교통사고…. 그뿐인가요? 당장 건강도 나빠집니다. 교통사고로 인한 사망이나 부상 문제도 심각하지만 편안함을 이유로 한 블록조차 걷지 않으니 다리 힘도 약해집니다.

과학 문명은 양날의 검입니다. 편이를 추구하다 인간의 고유 기능이 퇴화됩니다. 스마트폰이 나온 지 얼마나 되었나요? 이젠 전화번호를 3개 이상 암기하고 있는 사람은 희귀종에 속합니다. 추우면 히터, 더우면 에어컨을 켜는 바람에 우리 몸의 체온 조절 기능이 제대로 작동하지 않게 되었습니다.

우리는 언제부터인가 편이, 쾌적에 중독되었습니다. 광고에도 온통 편이주의 일색입니다. 아파트 광고에는 예외 없이 '지하철역에서 걸어서 5분'이란 말이 등장합니다. 장사하려면 사람이 모여드는 역세권이 좋겠지만 살기엔 참으로 반건강적입니다. 편이만 좇다간 건강을 망친다는 게 상식이 되는 날 '지하철역에서 20분, 비탈길'이라는 광고가 머지않아 등장하게 될 겁니다. 또 의도적으로 불편하게 살도록 집 설계가 바뀔 것입니다.

요즘 우리는 지하철 한 정거장 앞에서 내리기, 한 정거장 더 가서 타기, 계단 오르기 운동을 펼치고 있지만 잘 되지 않고 있습니다. 편한 걸 두고 일부러 불편한 길을 택하기란 쉽지 않습니다. 아예 멀거나 비탈길이고 다른 선택이 없다면 거의 불편을 못 느끼게 됩니다. 인간에게는 엄청난 적응력이 있습니다. 텔레비전 리모컨만 없애도 일어섰다 앉았다 엄청난 운동이 됩니다. 너무 편하게 살아서는 안 됩니다. '의도적인 불편함'의 깊은 뜻이 이해되었으면 좋겠습니다.

과학 문명의 발상지인 서구 사회에서는 요즈음 비상이 걸렸습니다. 자연 파괴, 공해 때문에 사람이 못살게 되어 자연 보존, 자전거 타기, 걸어 다니기 운동이 열풍처럼 번지고 있습니다. 늦게나마 다행입니다만 과연 우리는 어떤가요?

오감을
열고

도시 생활은 오감을 닫게 합니다.

하수구, 옆 사람 땀 냄새에 코를 막습니다. 꼴 보기 싫은 일에 눈을 감습니다. 경적, 벨소리에 귀를 막습니다. 사람과의 접촉이 싫어 혼자 앉습니다. 음식이나 물을 먹을 때도 맛부터 봅니다. 모든 감각 기관을 다 닫고 사는 게 도시 생활입니다. 그것만이 아닙니다. 잠시 외출할 때도 이중, 삼중으로 문을 잠급니다. 이웃과 인사도 하지 않고 모든 것을 닫고 사는 참으로 답답한 삶입니다.

산을 찾아 자연에 묻혀야 하는 이유가 여기 있습니다. 당장 공기가 달지 않습니까? 물소리, 바람 소리, 눈앞에 펼쳐진 푸르름, 그냥 있는 것만으로도 느긋하고 편안하지 않습니까? 산속 오두막에서는 문을 잠글 일도 없습니다. 모든 걸 열어 두니 몸의 감각도 다 열립니다. 그러면 감성과 창조의 보고인 우뇌도 절로 열립니다. 도심에 찌든 심신을 맑게 하는 데 이보다 더 좋은 자연치유제는 없습니다. 공해에 찌든 피곤한 세포에 신선한 활력이 넘치게 합니다. 항암 세포, NK 세포의 활성도도 높아집니다. 이런 변화는 도심에 돌아가서도 한 달은 지속된다는 게 일본 산림과학청의 보고입니다.

도심의 생활은 좌뇌적, 지적 활동이 전부라 해도 과언이 아닙니다. 감각이나 감성 등 우뇌 활동은 너무나 위축되어 있습니다. 경쟁의 틈바구니에 끼여 교감신경의 흥분과 스트레스의 연속입니다. 빌딩 사이로 찢긴 낙조나마 쳐다볼 여유가 없습니다. 이렇게 편향된 좌뇌 생활로는 지적 활동마저 위축될 수밖에 없습니다.

균형을 잘 잡아야 뇌 전체의 기능이 원활하게 잘 돌아갈 수 있습니다. 오감력(五感力)이 살아 있어야 건강합니다.

느리게

한국 드라마 〈대장금〉이 지금까지 세계인의 공감을 사고 있습니다. 해석이 많겠지만 뭐니 뭐니 해도 반찬 하나 만드는 데도 혼신의 힘을 다하는 그 정성이 비결일 것입니다. 단추만 누르면 즉각 기계에서 나오는 패스트푸드에 대한 반발일 수도 있습니다. 지금 세계의 흐름은 빠름에서 느림으로의 대전환이 일어나고 있습니다.

운동도 '느리게'가 추세입니다. 1990년대 세계를 풍미했던 달리기도 이젠 시들해졌습니다. 조깅은 허리, 무릎에 무리를 줍니다. 비만 환자를 위한 지방 연소에도 천천히 운동하는 것이 효과적이라는 게 밝혀졌습니다. 거기에다 조깅을 창시한 핑크스가 달리기를 하다 그만 사망하는 사고가 나고부터 열기가 아주 식어 버렸습니다. 빨리 달리는 운동은 복근이 발달하고 지방보다는 당분을 연소

해야 하기 때문에 슬림(slim) 운동으로서의 효과는 그리 크지 않습니다. 오히려 기분 좋게 걷거나 느린 조깅(조깅하듯 달리되, 걷는 스피드로)이 효과적입니다. 이런 정도의 유산소 운동이라면 몸에도 좋지만 실은 뇌를 위한 운동입니다.

걷는 운동은 우선 기분을 상쾌하게 합니다. 쾌적하고 기분 좋도록 유전자에 설계되어 있어, 이걸 체득하기만 한다면 걷는 것보다 좋은 운동은 없습니다.

요즈음은 요가, 필라테스, 태극권, 국선도 등 심신 수련을 하는 데에도 슬로우(slow) 운동이 대세입니다. 실제로 이런 것은 운동이라기보다 오히려 휴식에 가깝습니다. 교감신경의 흥분보다 기분 좋은 휴식의 부교감신경이 우위 상태이기 때문입니다.

우리 건강마을 식당에는 30분짜리 모래시계가 놓여 있습니다. 한입에 30회 씹고, 한 끼를 30분 동안 먹고, 하루 30가지를 먹자는 운동입니다. 그래야 음식 고유의 맛을 알 수 있고 세로토닌 분비로 식욕 조절이 잘 될 수 있습니다.

세상에 우리나라 사람들처럼 밥을 빨리 먹는 사람이 또 있을까요? 10분이 채 안 걸립니다. 잘 씹어야 침과 잘 반죽이 돼서 소화도 잘 되고 대사 기능이 촉진되는데, 우리는 씹지도 않고 그냥 넘깁니다. 비만일수록 밥 먹는 속도가 빠릅니다. 천천히 꼭꼭 씹어서 느리게 밥 먹는 것도 매우 중요합니다.

상허하실
(上虛下實)

서양인은 대체로 상체가 튼튼합니다. 가슴과 어깨가 넓고 흉근이 발달되어 있습니다. 거기에 비하면 동양인은 하복부 아래가 튼튼합니다. 힘을 줄 때도 아랫배에 힘을 줍니다. 다리도 서양인의 가느다란 세장형과는 비교가 안 되게 짧고 굵게 발달되어 있습니다. 그래서 씨름을 하면 서양인들은 상대도 안 됩니다.

동양의 전통적인 심신 수련은 예외 없이 하복부가 중심입니다. 즉 단전에 모든 에너지가 집중된다고 믿습니다. 힘을 쓸 때도 단전에 힘을 줘야 합니다. 호흡도 단전호흡입니다. 마음도 여기에 모아야 합니다. 상허하실. 위를 허하게, 아래를 튼튼하게 하는 게 심신 수련의 기본입니다. 이에 비하면 서양에는 심신 수련 전통이 없습니다. 대체로 교감신경 주도의 공격적인 근육 운동, 순간적인 흡기

(吸氣)를 중심으로 하는 운동을 하여 상실하허(上實下虛)형의 체형이 많습니다.

서양의 유행을 좇는 요즈음 젊은이들은 어느새 체형도 이들을 닮아 상체 근육 운동을 주로 합니다. 남성미를 과시하려고 그러는 모양입니다. 여성미를 강조하려고 가슴을 크게 클로즈업시키는가 봅니다. 100세가 넘어서도 내 발로 걸어 다닐 수 있으려면 다리가 튼튼해야 하니 운동을 해도 대퇴부 운동이 중심이 되어야 합니다. 인간의 근육 70%가 배꼽 아래에 있습니다. 젊은이들은 헬스클럽에서 상체 운동에 열을 올립니다. 그러나 상체가 부실하다고 해서 숟가락을 들지 못하는 일은 없을 겁니다.

바른 자세, 바른 마음

자세가 나쁘면 요통, 두통, 생리통이 생길 뿐만 아니라 위염, 궤양, 간, 췌장도 나빠집니다. 손발이 차가워지고 불안까지 겹칩니다. 자세가 비뚤면 마음도 안정되지 않고 자율신경 부조증까지 옵니다. 반듯해야 합니다. 우선 앉는 자세부터 시작합시다. 가장 생리적인 자세는 무리가 없는 편안한 자세요, 그것이 건강한 자세입니다.

스님의 참선 자세가 가장 이상적입니다. 몇 시간 아니 며칠을 그렇게 앉으려니 편한 자세가 아니면 견딜 수 없겠지요. 그래서 절에서는 자세에 대한 수행 법도가 아주 엄격합니다. 군대에서도 마찬가지입니다. 사관생도들, 장성들의 자세도 언제나 반듯합니다. 자세가 흐트러지면 마음도 해이해지고 군기가 바로 서지 않는다고 합니다.

기본 자세는 허리를 위로 쭉 늘어지게 꼿꼿이 펴는 것입니다. 턱을 약간 당기고 두정부와 몸, 회음부가 일직선이 되게 앉으면 하늘, 몸, 땅의 축이 하나가 됩니다. 천지인의 경지로 우주와 일체가 되는 자세입니다. 그것만으로도 기분이 사뿐하고 숨쉬기가 당장 편해집니다.

자세가 반듯해야 마음이 반듯합니다. 옛 선비들도 언제나 앉는 자세만큼은 반듯했습니다. 거기서 반듯한 정신이 나옵니다. 이런 자세는 귀양을 가서도, 사약을 받아든 순간까지도 한 점 흔들림이 없었습니다. 긍지와 자부심, 명예를 지켜야 한다는 바른 정신이 죽는 순간에도 반듯한 자세를 유지할 수 있는 바탕이 되는 것입니다.

당당하고 패기 넘치는 자세가 주위를 압도합니다. 긴박한 순간에도 마음이 흔들리지 않고 떳떳하기에 세로토닌이 분비되고 자세가 반듯할 수 있습니다.

금연

금연, 꼭 해야 할 일도 아닙니다. 몇 년 덜 살더라도 인생을 즐기겠다면 그만입니다. 남에게 피해를 안 준다면 말이지요.

밤하늘을 향해 내뿜는 담배 연기는 멋도 있으려니와 속이 다 후련해집니다. 스트레스 해소는 물론 기분도 좋아집니다. 깊은 복식 호흡으로 묵은 감정의 응어리까지 다 날려 보낼 수 있습니다.

우리는 담배가 몸에 해롭다는 걸 잘 알고 있습니다. 니코틴의 폐해와 스트레스의 폐해 중 어느 쪽을 택할 것인가는 전적으로 개인의 몫입니다. 다만 애연가들에게 의지가 약하다는 식의 자책이나 후회는 금물입니다. 그건 최악입니다. 기왕 피우려면 기분 좋게 피워야 합니다. 다만 할 수만 있다면 금연이 좋다는 게 제 생각입니다.

저도 담배에 관한 한 할 말이 있습니다. 중학교 때 기차 통학을 하면서 삼촌뻘 되는 학생들에게 담배를 배웠습니다. 그리고 차츰 골초가 되었습니다. 미국 유학 시절에도 필터가 없는 긴 담배를 하루 두 갑이 부족할 정도로 피웠습니다. 당시 저는 법정에서 이송된 환자들을 진료하고 있었습니다. 제 환자는 마약 공급책이면서 중독자인 존이라는 사람이었습니다. 그는 치료에는 관심이 없었지만 병원 치료를 안 받으면 그날로 감옥에 가야 했습니다. 저 역시 마약 중독 치료에 관심이 없었습니다. 담배만 피워 대면서 시간만 때웠습니다.

어느 날 그는 마스크를 낀 채 방으로 들어오더니 창문을 벌컥 열어젖혔습니다.

"선생님도 치료가 필요합니다."

순간 무척 당황스러웠습니다. 뭐라고 응수했는지도 기억나지 않습니다.

'존이 마약을 못 끊는 거나 내가 담배를 못 끊는 거나 무엇이 달라. 좋다. 다신 안 피운다.'

저는 그날 이후로 담배 한 번 만져 본 일이 없습니다. 그게 금연에 대해 처음이자 마지막으로 한 결심이었습니다. 이후 꿈에서 담배를 피우고 있는 자신을 발견하고 깜짝 놀란 적이 한두 번이 아니었습니다.

'남자가 결심했으면 실천을 해야지 그렇게 의지가 약해?'

이런 꿈은 정신분석적으로 초자아의 제지가 발현되는 전형적인 현상입니다. 제가 존을 얼마나 잘 치료했는지 모르겠지만 존은 제 금연 치료만큼은 확실하게 해 주었습니다. 지금도 담배 생각이 날 때가 있습니다. 그러나 못 견딜 정도는 아닙니다.

또 잊지 못할 담배 사건이 있습니다. 몇 해 전 담배 피는 사람을 마치 범죄자 취급하던 때가 있었습니다. 저는 흡연파는 아니지만 그렇다고 범죄자 취급하는 건 아니라고 생각합니다. 어느 기고문에 남에게 해를 끼치지만 않는다면 담배를 피우는 사람의 인격도 존중되어야 한다고 하자 담배소비자보호연맹에서는 저에게 부회장의 자리를 주었습니다. 그러나 이사회에서 항상 금연파를 지지하자 몇 해 안 가 쫓겨나고 말았습니다. 그것조차 고마운 일이었습니다.

감기
이야기

감기는 찬바람을 쐬면 걸리게 되어 있습니다. 체온이 1도 떨어지면 대사력은 12%, 면역력은 30%가 떨어집니다. 감기에 걸리면 일단 열이 납니다. 열이 나는 것은 식은 몸을 다시 덥혀 위장에 정체한 불순물을 내보내려는 자연치유적 반응입니다. 열만 나는 게 아닙니다. 눈물, 콧물, 재채기, 기침, 발진 등 온통 밖으로 뿜어내는 것투성이입니다. 이 역시 해로운 독소를 내보내려는 반응입니다.

찌개 끓이는 장면을 생각하면 이해가 쉽습니다. 끓는 솥의 불을 끄면 찌개는 끓지 않습니다. 소화가 안 되면 위장에 정체된 대사물, 불순물이 문제를 일으킬 수 있습니다. 소화를 촉진시키려면 다시 불을 켜야 합니다. 감기로 인해 열이 나는 것, 그 밖에 나타나는 여러 가지 증상들은 몸을 빨리 낫게 하려는 자연치유적 조치입니다.

하지만 여기에 해열제나 종합감기약을 쓰게 되면 겨우 다시 끓기 시작한 찌개가 식어 버립니다. 열이 떨어지고 부수적인 증상들이 사라지니 몸이야 당장은 편하겠지만 일시적일 뿐 근본적인 자연치유 과정을 방해합니다. 겨우내 감기가 떨어지지 않습니다.

우리 조상은 현명했습니다. 군불을 따뜻하게 때 놓고 뜨거운 국물을 마시고 이불을 덮어쓰고 땀 한번 흘리고 하루 보양을 잘하면 거뜬히 자리를 털고 일어납니다. 우리는 이를 동치(同治) 의학이라 부릅니다. 이열치열, 열은 열로 다스립니다.

이에 반해 서양의학은 대치(對治)의학, 즉 대결해서 없애 버림으로써 낫게 합니다. 감기엔 해열제, 설사엔 지사제가 전형적인 처방입니다. 감기에 해열제가 반치료적이듯이 설사에 지사제도 마찬가지입니다. 괜히 설사가 납니까. 뭔가 상한 음식을 잘못 먹었기 때문에 이를 빨리 내보내려고 하는 게 설사입니다. 이걸 지사제로 막으면 어떻게 될까요. 노인들에게 문제가 되는 것은 변비가 설사 길을 막고 있기 때문입니다.

감기엔 약이 없다는 말을 합니다. 병원에 안 가도 되는 첫 번째 병이 감기라고 의사들은 말합니다. 폐렴이나 설사로 탈수 현상이 일어날 정도가 아니라면 병원에 갈 일이 아니라 절로 낫게 기다리는 것이 생활의 지혜요, 슬기입니다.

우리 몸의 자연치유력을 믿어야 합니다.

해독이라니

　놀라지 마십시오. 도시에 사는 모든 사람이 해독(Detox) 대상입니다. 생각해 보십시오. 숨 쉬는 공기, 마시는 물, 먹는 식품 어느 것하나 성한 게 없습니다. 우리는 지금 가히 세계 최악의 환경오염에 시달리고 있습니다. 그뿐인가요. 휴대폰과 컴퓨터에 노출된 직장인, 텔레비전 앞을 떠나지 못하는 주부 등 전문가들은 전자파 중독도 우려합니다. 게다가 치열한 경쟁으로 발생하는 스트레스, 현대인의 조급하고 과격한 성격 등 이대로 가다가는 심장 맥관 계통에 엄청난 재앙이 닥칠 겁니다.

　1년에 한두 번 중독 상태를 말끔히 씻어 내야 합니다. 오염, 중독, 지친 부신피질 등을 중화 · 정화시켜 신선한 심신으로 바꿔 놓아야 합니다. 해독은 의학적으로 약물 중독 환자로부터 약물을 중화시키는 응급처치를 말합니다(Detoxification). 우선 우리 몸의 체성분 분석을 통해 과다한 물질은 줄이고, 부족분은 보조제나 중화제로 보충해서 바른 상태로 만들어야 합니다. 비록 우리 모두가 응급 상황에 놓인 것은 아니지만 환경오염과 스트레스 등으로 워낙 심각한 상태에 처해 있습니다.

산이 제일 좋은 심신 해독제입니다. 산에는 엄청난 자연치유력과 정화 능력이 있습니다. 며칠 머물 수 있다면 더욱 좋습니다. 알레르기 환자도 산에 며칠 머무는 것만으로 절로 낫습니다. 문제는 내려가면 재발한다는 겁니다. 산골에 자주 머물러야 합니다.

도심에 찌든 세포 하나하나에 신선한 활력이 넘치게 해야 합니다. 신진대사가 촉진되어 온몸에 혈액순환이 잘 됩니다. 영양분, 산소 공급이 원활해지고 노폐물 수거로 몸이 깨끗이 정화됩니다.

내 몸이
보내는
신호

몸에 이상이 생기면 제일 먼저 내 몸이 압니다. 어떤 명의나 정밀 의료기기보다 먼저 알아차리고 신호를 보냅니다. 마치 달리는 자동차의 엔진 소리처럼 대책을 세우라고 경고합니다.

하지만 우리 일상은 어떻습니까. 으레 잘 달리려니 여기다가 어느 날 길 한복판에 덜컥 멈춰 섭니다. 모든 생활습관병은 만성으로 진행되기 때문에 초기에는 아무런 자각 증상이 없습니다. 따라서 어느 날 덜컥 응급실에 실려 오지만 실은 훨씬 이전부터 이상 징후는 있었습니다. 바빠서 못 들었거나 아니면 '그까짓 것' 하고 무시했거나 '설마 내가?' 하며 미련을 떤 거지요. 내게는 나만의 고유한 신호가 있습니다. 차분히 앉아 내 몸이 보내는 신호를 들어보세요.

신호의 진원지는 생명의 중추 시상하부입니다. 식욕, 성욕 등 인간의 여러 본능 중추가 여기에 모여 있습니다. 자율신경 조정 기능, 내분비 대사 기능, 면역 기능 등이 여기서 조정됩니다. 모두가 생명과 직결되는 기능들이어서 이상이 생기거나 균형이 무너지면 비상 신호를 보냅니다. 혈당이 80 이하로 떨어지면 '배고프다'라는 신호를 감정중추인 변연계로 보냅니다. 여기서 인간 행동의 최고사령부인 전두엽에 '먹자'라는 신호를 보냅니다. 이때 전두엽이 명령을 내려 먹기만 하면 문제는 해결됩니다.

문제는 우리가 일에 너무 집중할 때 이 신호를 듣지 못한다는 겁니다. 열애에 빠지거나 공부에 열중할 때도 배고픈 줄 모릅니다. 혹은 보낸 신호를 듣긴 했지만 전두엽에서 '조금 참아, 이것만 해 놓고 먹자'라고 미루면 시상하부에서는 난리가 나고 스트레스가 생깁니다. 배가 너무 고파 생명에 위협을 느낄 정도가 되면 시상하부의 근위병이자 원시 감정중추인 편도체가 반발합니다. 배고픔이 심하면 훔쳐서라도 먹는 건 본능적 반발 때문입니다.

이렇듯 뇌는 정교하게 잘 짜여 있습니다. 어느 한 곳에 문제가 생기면 이를 해결하기 위해 즉각 비상사태가 선포됩니다.

내 의견이
다 옳은 건
아니다

제 글을 읽는 중간에 고개를 갸웃할 때가 있을 겁니다.

'내 주치의는 그렇게 말하지 않던데…', '신문에서는 전혀 다른 말을 하던데….'

그렇습니다. 의사마다 하는 말이 달라 환자 입장에서는 혼란스럽고 당혹스럽기도 합니다. 우선 이해해야 할 것이 의학은 응용과학이기 때문에 의사들마다 의견이 다를 수 있습니다. 결론이 다른 의학 보고서를 보고 어느 쪽을 인용하느냐에 따라 진단도 처방도 달라집니다. 권위 있는 의학 교과서들도 의견이 달라 의사들도 혼란스럽습니다. 결국 많은 문헌을 폭넓게 읽고 의사 스스로 판단할 수밖에 없습니다.

흔히 환자들은 어느 의사가 실력이 있느니, 없느니 말합니다. 그건 어느 정도 사실입니다. 의사는 환자를 진료하는 한 평생을 공부해야 합니다. 새로운 이론이 계속 등장하고 어제까지의 소견과는 완전히 다른 보고서도 나오기 때문입니다.

환자 입장에선 일단 주치의의 말을 잘 듣고 난 후 중병일 경우 세컨드 오피니언, 즉 다른 의사의 의견을 물어보는 게 현명합니다. 주치의한테 전혀 미안해할 필요가 없습니다. 오히려 환영합니다. 어떤 의사도 자기 진료에 100% 확신을 갖지 못합니다. 두 의사의 의견이 다를 경우 또 다른 의사를 찾거나 환자 스스로 선택하면 됩니다.

가끔 대중매체에서 무엇이 좋다고 하면 시장의 물건이 동나기도 합니다. 그때는 석 달만 기다리세요. 만약 그때까지 인기가 여전하다면 내게 좋은지 써 보는 것도 좋습니다. 그리고 환자 대기실에서 엉뚱한 꾐을 하는 분들을 조심하세요. 중병으로 심신이 약해진 환자나 보호자들에게 말도 안 되는 소리를 해서 엉뚱한 치료를 받다가 반죽음이 되는 경우가 적지 않습니다.

유명하다고 소문난 의사가 반드시 실력 있는 것은 아닙니다. 성실하게 진료하고 환자 이야기를 잘 들어주는 인간적인 의사가 명의입니다.

힐링의
세 가지
물질

인간의 뇌 속에 있는 신경전달물질은 약 50여 종이나 됩니다. 이 중에서 마음을 편안하고 쾌적하게 해 주는 소위 힐링 물질은 세 가지로, 행복의 세로토닌, 사랑의 옥시토신, 휴식(수면)의 멜라토닌이 있습니다. 시간대에 따라 분비량이나 활동 시기가 다르지만 힐링이라는 전제에서는 비슷한 기능을 합니다.

사회적 여건에 따라 분비되는 물질도 있습니다. 지난 반세기 동안 우리를 공격적으로 만든 놀아드레날린, 거기에 따른 스트레스의 해소를 위해 스포츠나 콘서트에 열광케 하는 엔돌핀과 도파민입니다.

우리는 산업사회를 구축하면서 격정적인 열광의 시대를 지나왔습니다. 엔돌핀은 환희의 물질이지만 중독이라는 무서움도 수반합니다. 도파민 역시 신날 때 분비되는 기분 좋은 물질이지만 계속 더하고 싶은 욕심을 갖게 합니다. 사람 욕심에 끝이 없는 건 도파민 때문입니다. 엔돌핀보다는 약하지만 이 역시 중독성이 있습니다. 욕심이 채워지면 신나고 기분이 좋지만 충족이 안 되면 즉각 불평 불만을 갖게 됩니다.

이제 우리는 지나친 공격성이나 도파민적 광분을 줄여야 합니다. 바로 행복(세로토닌)과 사랑(옥시토신)을 통해서입니다. 행인지 불행인지 우리는 근대 문명의 막차 손님이 되었습니다. 세기의 흐름과 함께 대안을 실행해야 할 시점에 와 있습니다. 근대 문명의 폐단도 끝없는 욕심(도파민)과 무한 경쟁(놀아드레날린)에서 비롯된 게 아닌가 생각됩니다. 이런 문명은 절대 오래갈 수 없습니다.

과학 문명의 발달에는 필연적으로 자연 파괴가 뒤따릅니다. 이역시 근대 문명의 멸망을 부채질하는 요인입니다. 우리나라는 도로 공화국입니다. 도대체 여기에 왜 4차선 도로가 놓여야 하는지 이해할 수가 없습니다. 지자체 의원, 장, 국회의원, 주민, 도로공사 등 모두가 똘똘 뭉쳐 자연 파괴를 일삼는 도로 마피아가 되었습니다. 산허리를 자르고 뚫린 도로를 보며 이런 생각을 갖는 게 수구꼴통 영감의 소심한 공포증일까요?

근대 문명의 위기 앞에 우린 좀 더 겸손해져야겠습니다.

감사의
생리

감사하는 동안은 심장박동이 규칙적으로 조화롭게 뜁니다. 순환 기능, 면역 기능, 신경 시스템이 유연하게 돌아갑니다. 호르몬 균형으로 온몸이 조화롭게 되고 건강한 에너지가 넘칩니다. 뇌혈류가 증가하고 뇌가 활성화됩니다. 특히 면역계와 좌측두엽이 활발해져 적응력, 협동심, 사고력, 기억력이 향상합니다. 반면 누굴 미워하거나 부정적인 사고를 하면 반대 현상이 일어납니다. 감사하는 마음이 나타날 때는 절대로 나쁜 마음이 일어날 수 없습니다. 생리적 · 뇌과학적으로 상반되는 두 가지 생각이나 감정이 동시에 일어날 수 없기 때문입니다.

감사는 행복, 건강, 장수의 기본 요건입니다. 먼저 감사하는 태도의 가치를 인정하십시오. 마음으로 받아들이고 감사하다고 생각하십시오. 3~5분간 집중하면 감사의 파동이 일어납니다. 그러면 공명이 일어나고 여러분 주위에 사람이 모입니다. 이것이 감사의 신비한 힘입니다.

매사에 감사하는 습관을 지닌 사람은 남들이 보기에도 좋은 인상을 하고 있습니다. 감사하는 마음은 얼굴에 나타납니다. 편안하고 진지하며 겸손합니다. 감사 인사를 듣고 기분 나쁜 사람은 없습니다. 내가 베푼 작은 친절에 감사 인사를 듣는 것만큼 기분 좋은 일은 없습니다. 진심이 담긴 한마디에 상대방의 인생이 바뀔 수도 있습니다. 반면 내가 베푼 친절에 인사가 없을 때 그 서운함은 말로 표현할 수 없습니다. 다시는 그에게 마음을 쓰고 싶지 않습니다.

스트레스의 대가 한스 셸리(Hans Seyle) 교수는 감사만큼 스트레스 시대를 잘 살아가는 비결은 없다고 한마디로 결론짓고 있습니다.

왜
천수를
못 누리나

큰 사고나 큰 병 없이 평생 건강하게 장수한 사람을 두고 '천수(天壽)를 누렸다'고 축하합니다. 하늘이 준 목숨을 고이 간수해 잘 살았으니 죽으며 축복받습니다. 그렇습니다. 죽는 순간까지 건강하게 살아가야 합니다. 그때까지 100퍼센트 인생을 살아야 합니다.

문제는 우리가 천수를 누리지 못한다는 점입니다. 게다가 언제 죽게 될지 알 수 있다면 인생이 좀 달라질까요? 어쨌거나 얼마를 살지 모르니, 우리가 할 수 있는 일은 오늘, 여기, 이 순간이 최후의 날인 것처럼 온몸을 불태워 살아야 합니다.

80세 노인이 100세까지 살게 해 달라고 도사에게 간청합니다. 도사 왈,

"그러지요. 오늘이 100세라고 생각하시오. 내일까지 살면 100세

에 덤으로 하루 더 살았다고 생각하세요."

의학적인 천수의 정의는 좀 다릅니다. 현재까지 알려진 의학 지식으로 보면 인간은 120세까지 살 수 있습니다. 따라서 120세까지 살아야 천수를 누렸다고 할 수 있습니다. 하지만 세계적으로 장수한 몇몇 사람들을 제외하면 천수를 누린 사람은 거의 없습니다.

이렇게 좋은 세상에 태어나 살면서 왜 천수를 누리지 못할까요? 소위 장수국이라 불리는 나라의 평균수명도 80세를 크게 넘지 못합니다. 의학이 제시하는 대로만 살면 가능하다는데 왜 안 되는 걸까요?

의사들이 제시하는 장수의 조건은 너무 엄격해서 그대로 따르기에는 역부족입니다. 현실적으로 보면 열악한 생활환경과 피할 수 없는 생활 습관 때문입니다. 도시인으로 생활하는 이상 이 문제를 초월할 수는 없습니다.

인간이 타고난 자연치유력이 고약한 생활환경과 습관으로 인해 약화되어 간다고 앞에서 지적한 바 있습니다. 천수를 누리지 못하는 이유가 여기에 있습니다.

동물의
평균수명은
같은데

　짐승은 사냥꾼에게 잡히지만 않는다면 대체로 평균수명대로 삽니다. 그러나 인간은 개인에 따라 건강 상태는 물론이고 수명도 천차만별입니다. 천수를 누리지 못하는 큰 이유가 고약한 생활환경과 습관 탓입니다. 한 가지 더, 인간에게 있는 '생각하는' 위대한 능력 때문입니다. 이게 병도 만들고 약도 만듭니다. 병이라 생각하면 병이 되고 건강이라 생각하면 건강하게 됩니다. 늙었다고 생각하면 몸은 생각대로 진짜 늙어갑니다. 그 의학적 기적은 이러합니다.

　원초적 감정이나 생명 기능은 시상하부의 자율신경 사령부가 관장하고 있습니다. 문제는 이것이 우리 의지대로 조절되지 않고 스스로의 리듬에 의해 작동한다는 점입니다. 그래서 자율(自律)신경입니다. 여기에 영향을 줄 수 있는 건 상상력을 근간으로 하는 '마음'입니다. 마음을 어떻게 먹느냐에 따라 자율신경이 조절된다는 뜻입니다. 물론 마음만 먹는다고 당장 그렇게 되는 건 아니며 얼마간의 심신 수련이 필요합니다. 실은 상당한 인내와 고통의 시간이 필요합니다. 건강, 장수라는 생각이 이미지화되어 자율신경 사령부에 영향을 주기란 쉽지 않습니다. 이 경지에 이르면 사실상 마음이 주인이고 자율신경에 지배되는 몸은 심부름꾼에 불과합니다.

생각을 어떻게 하느냐, 마음을 어떻게 갖느냐에 따라 삶의 질은 물론이고 건강, 장수도 천차만별이 됩니다. 끝없이 생겨나는 욕심을 생각해 봅시다. 욕심이 가득한 사람은 아무리 채워도 언제나 가난뱅이입니다. 계속 더 채우겠다고 눈에 불을 켭니다. 잠도 제대로 잘 수 없고 급한 마음에 거짓말도 합니다. 전화 한 통에도 가슴이 철렁 내려앉습니다. 이 사람이 얼마나 오래 건강하게 살 수 있을까요?

질투가 심하거나 의심증이 많은 사람도 마찬가지입니다. 주위의 누구도 믿지 못합니다. 질투가 심하면 배우자가 밖에서 딴짓을 하지는 않을까 의심증이 발동할 수밖에 없습니다. 배우자에게 계속 전화하고, 말 한마디, 일거수일투족에 온 신경을 곤두세우고 살핍니다. 혈압이 오르고 심장 맥박 계통에 부담이 옵니다. 이쯤 되면 고혈압, 심장병, 중풍은 따 놓은 당상입니다.

이들에게 동물의 평균수명은 대체로 같다는 이야기를 들려주면 어떤 반응을 보일까요?

감성의 물결

조용한 호수에 돌을 던지면 동심원을 그리며 물결이 번져 나갑니다. 사람도 마찬가지입니다. 나의 파동이 동심원을 그리며 번져 나가 상대에게 닿습니다. 사람에게는 저마다 고유의 파동이 있습니다. 조용한 파동이 있는가 하면 거칠고 힘찬 파동도 있습니다. 따뜻한 파동, 듬직한 파동, 혹은 지적이나 차가운 파동도 있지요. 곧 무슨 일이 터질까 위태로운 파동도 있습니다.

파동은 인품이나 정서적인 측면과 밀접한 연관이 있습니다. 이를 감성의 물결이라고도 하고 그 사람의 인간적 분위기, 혹은 개성이라 부르기도 합니다. 사람마다 주파수도 다르고 진폭도 다릅니다. 질도 다르고 느낌도 다릅니다. 그의 인격이나 인품, 심신의 수양, 성숙도가 반영됩니다.

나의 파동은 어떨까요? 이건 기계로 측정할 수도, 내가 느낄 수도 없고 오직 남이 느끼는 것입니다. 남의 말에 겸허히 귀를 기울여야 하는 까닭이 여기 있습니다.

'어, 내가 그런 사람이었나?'

아프기도 하겠지만 그것이 성숙으로 이르는 길입니다.

딱하게도 높은 자리에 앉은 사람에게는 솔직한 이야기가 전해지기 어렵습니다. 듣는 소리들이 모두 아부 일색입니다. 좀 모자라는 사람들은 그것을 액면 그대로 받아들여 그만 우쭐해집니다. 그것이 자리 값인 줄 모릅니다. 그러곤 그런 아첨꾼을 가까이하고 중대사도 의논하고 특혜도 주어 회사 업무가 왜곡되기 시작합니다. 쓴소리하는 사람에게는 가차 없이 불이익을 줍니다. 결국 회사는 거덜 나게 됩니다. 나라도 마찬가지입니다.

내가 어떤 사람인지 궁금하거든 고요히 눈을 감고 명상하십시오. 모든 것을 벗어던지고 자신에게 솔직히 물어보세요.

고독감과
고독력

고독력(孤獨力, solitude)은 고독감(孤獨感, loneliness)과는 전혀 다릅니다. 고독감이 소극적, 감성적, 수동적인 상태라면, 고독력은 지성적, 적극적, 능동적인 상태를 말합니다. 고독감이 느낌이라면 고독력은 의지이자 힘입니다. 자신을 일부러 고독하게 만드는 것은 그만큼 강하다는 증거입니다.

위인들은 모두 고독력이 강한 사람들입니다. 창조의 과정에는 고독력이 절대적이기 때문이죠. 예술 작품이 탄생하는 과정을 생각해 보십시오. 고통과 인내, 홀로 이겨낼 수 있는 힘 없이는 불가능합니다. 그리고 이들은 이러한 인고의 과정을 즐겼습니다.

고독력은 위인들만의 것이 아닙니다. 회사나 나라에서도 마찬가지로 자리가 높아질수록 뒤로 앉거나 독방을 쓰게 됩니다. 고독을 못 이겨 포기할 수도 있습니다. 나라가 위기에 처했을 때는 참모들의 의견도 듣겠지만 최후의 결단은 대통령의 외로운 몫입니다. 진통 끝에 승리한 순간, 그 희열은 하늘을 찌릅니다. 긴 겨울밤. 창조를 위한 가슴 부푼 순간이 될 것인지, 고독감에 울 것인지는 당신의 선택입니다. 그렇다고 인간이 이성적이고 의지적인 고독력만으로 살 수 있는 건 아닙니다. 때론 감성적인 고독감에 울 수도 있어야 합니다.

깊은 산골에 들어가면 혼자 있는 시간이 많습니다. 조용하지만 힘이 솟구치는 곳입니다. 달 밝은 가을밤. 뒤뜰에 우수수 낙엽이 지고 귀뚜라미 울면 서럽게 찾아드는 고독감에 울컥한 순간도 있긴 하지만 그 역시 인간적입니다. 그런 감성에 젖을 수 있어야 인간입니다. 지성 없는 감성이 천박하다면 감성 없는 지성은 너무 메마릅니다.

명상을
왜
하나요

'이 바쁜 세상에 왜 저러고 앉아 있지? 밥 먹을 시간도 없는데!'

명상하는 사람을 보고 이런 생각을 한다면 당신이야말로 반드시 명상을 해야 합니다. 명상은 일에 쫓기는 사람을 위한 것입니다. 따라서 지구상에 명상이 가장 필요한 이는 오늘을 사는 한국인이며, 그중 특히 중년 남성들입니다.

명상은 몸을 부드럽게, 마음을 편안하게 해 줍니다. 우리 심신은 경쟁, 스트레스 등으로 긴장 일색의 비상체제에 놓여 있습니다. 이러한 것들이 건강을 좀먹고 있습니다. 이런 상황에서는 생각인들 합리적으로나 이성적으로 할 수가 없습니다. 충동적이거나 과격해져서 자칫 폭발할 수도 있습니다.

해답은 명상입니다. 1~2분만으로도 충분합니다. 그 효과는 이미 과학적으로 증명되었습니다. 심신 수련 전통이 없는 미국에 명상 붐이 일고 있는 것도 그 효능이 과학적으로 입증되었기 때문입니다.

1990년대 중반 미국 뉴잉글랜드 첨단과학자들은 2년마다 달라이 라마 존자를 초빙해 1주일간 온갖 검사도 하고 대담을 진행했습니다. 뇌과학적 검사에서 존자의 일상생활이 명상 상태와 같게 나타나 과학자들을 놀라게 했습니다. 과학자들은 티베트 사원으로 달려가 30여 명의 승려들을 무작위로 검사했습니다. 결과는 그들 모두가 존자와 똑같았습니다. 앞장에서도 잠시 언급했지만 과학자들은 이를 바탕으로 '명상은 동양의 신비가 아니라 증명된 과학이다.'라고 선언합니다. 그 이후 할리우드 스타를 중심으로 의사, 변호사 등 식자층이 가세하면서 폭발적인 붐을 일으켰고, 지금은 명상 인구가 2천만 명을 넘는 추세입니다. 미국인은 실용적인 사람들이라 쓸데없는 일에 시간이나 돈을 쓰진 않습니다. 긴 설명이 필요 없습니다. 해 보면 압니다. 1~2분만으로도 충분합니다.

화가 폭발하기 일보 직전, 격한 감정을 진정시키는 데 가장 효과적인 것 역시 짧은 명상입니다. 우선 돌아서서 심호흡을 세 번 하세요. 그대로 잠시 자리를 피하는 것도 방법입니다. 진정이 되면 이성적, 합리적 대화가 가능해집니다. 이것이 비상 명상입니다.

다음은 명상의 기본자세입니다.

① 반듯한 자세 : 턱을 당기고 눈을 살며시 감습니다.

② 호흡 : 입을 가늘게 벌려 아랫배가 등에 붙을 때까지 길고 부드럽게 내쉬고,

배가 불룩해질 때까지 코로 들이쉽니다.

③ 집중 : 호흡에 집중합니다. 만약 다른 생각이 떠오르거든 강물이 흘러가는

것을 보듯 가만히 둡니다.

말이
많아서

고백건대 저는 말이 많습니다. 한번 시작해서 흥분하면 그땐 막 갑니다. 제가 절이나 수도원을 자주 찾고 명상을 하는 것도 이와 무관치 않습니다. 어느 수도원 벽에 이런 문구가 적혀 있었습니다.

'침묵에 보탬이 되지 않는 말이면 아예 하지 마라.'

저는 얼른 외면해 버렸습니다.

인류 역사상 인간답게 살다 간 위인은 모두 말수가 적었다는 사실에 더욱 놀랍니다.

요즘 젊은이는 말을 잘합니다. 문제는 말의 무게와 생각의 깊이입니다. 나오는 대로 말해 버리니 울림도, 깊이도 없습니다. 말하기 전에 좀 더 묵히고, 익히고, 삭이고, 숙성할 시간을 두어야 합니다.

젊은이끼리 자기들만의 은어를 쓰며 킬킬거립니다. 이런 행동은 소속감을 강화하고 우정을 나누고 자기들은 특별한 존재라는 걸 과시하기 위해 어느 시대에나 있었습니다. 그러나 요즘처럼 밑도 끝도 없는 약어가 횡행하고, 이것이 통용되는 것에 더 놀랍니다. 가령 '왕따'란 말은 이제 학술용어로까지 등장하게 되었습니다. 거기에다 영어 이니셜까지 붙여 도대체 무슨 뜻인지 모를 말이 난무합니다. 이러면 생각도 조각납니다. 사고에 분열이 생깁니다. 이런 말들로 디지털적인 반짝 재주가 길러질 수는 있습니다. 하지만 깊은 사색을 요하는 창조적인 작업에는 아날로그적인 사색이 바탕에 깔려야 합니다. 그런 기초가 없다는 건 사상누각입니다.

'디지로그(Digilog)'라는 기막힌 말을 만들어 낸 이어령 교수의 이야기에 귀를 기울여야 합니다. 말수를 줄이고 어법을 반듯하게 쓰는 훈련이 필요한 시대입니다.

요즈음 아이들처럼 태어나면서부터 디지털 세계 속에 살게 되는 '디지털 네이티브(digital native)'는 이 점을 특히 유념하여 아날로그적인 것도 배우도록 노력해야 합니다.

세계문학전집과
나

쑥스럽지만 제 자랑을 하나 해야겠습니다. 중학교 2학년 때 삼촌의 서가에 보물처럼 꽂혀 있던 일본판 세계문학전집 36권을 독파했습니다. 누가 읽으라고 해서도, 읽고 싶어서도 아니었습니다. 당시 저는 공붓벌레 삼촌과 형 사이에 끼여 마룻바닥에서 겨울을 나야 했습니다. 두 분이 물그릇이 얼어붙는 마루방에서 공부에 열을 올려 저는 자려야 잘 수도 없었습니다. 울며 겨자 먹기로 그 책들을 펼쳐 들었던 것입니다. 일본 말을 제대로 이해할 수도 없었고, 세계문학의 깊이나 사상을 이해하기에는 턱도 없었습니다. 그래도 읽어 냈다는 자부심이 매우 컸습니다. 젊은 시절의 의무를 다했다, 해냈다는 지적 허영기로 우쭐해 했습니다.

이것이 자랑이 아니라 화근이 될 줄은 철이 들면서 알게 되었습니다. 얼마 전 모파상의 《여자의 일생》을 읽어야 할 일이 있었는데, 이건 전혀 다른 소설이었습니다. 이런 이야기도 있었나 싶었습니다. 그 일이 있고 난 후 틈나는 대로 문제의 세계문학전집을 다시 읽고 있습니다. 얼마 전에는 파스칼의 《팡세》를 다시 뒤적여 봤습니다. '인간은 생각하는 갈대'란 구절밖에 기억이 안 났지만 그가 왜 이런 말을 했는지 궁금했습니다. 비록 갈대처럼 연약하고 초라하지만 그래도 인간은 '생각'을 하는 동물이기에 우주에서 가장 위대한 존재란 뜻으로 이해했습니다.

하지만 어쩐지 이 말에 저항감이 들곤 했습니다.

'그래서 인간이 그렇게 오만방자하게 된 걸까? 자연을 파괴하고 정복하고?'

내가 이 책을 다시 펼쳐 든 건 이런 이유에서였습니다. 자세히 읽어보니 파스칼의 그 유명한 구절 앞에는 이런 말이 있었습니다.

'인간은 지상에서 한 그루 갈대처럼 참으로 약한 존재이다.'

교만방자함이 아니라 한없는 겸손함이 깃들어 있었습니다. 생각을 하기에 위대하고, 생각을 하기에 한없이 약하고, 겸손해야 한다는 뜻으로 다시 이해했습니다. 양평 남한강 변에 지천으로 핀 갈대 앞에서 해 본 생각입니다.

서점의
창녀들

서점을 기웃거리다 어느 철학가의 수기를 읽었습니다. 이렇게 시작합니다.

'서점을 기웃거려 보라. 찾는 책도 없이. 책 제목, 저자들이 줄지어 서 있다. 지나가는 당신을 유혹하려고 속삭인다. "나 좀 보세요. 펼쳐 보시라고요. 화끈하다고요. 오늘 밤 나를 데려가 주세요. 후회 없을 거예요. 끝내줄 거예요." 온갖 교태를 다 부린다. 이러고 보면 문학은 매춘이다. 인쇄된 하나하나의 이야깃거리는 창부다. 손님 눈을 끌고 잠시 함께 지내려고. 예술이란 것도 대체로 이런 범주다. 작품은 온갖 교태를 부리며 유혹한다. 결국 서점은 홍등가, 전람회장은 난교파티장이다. 문화란 파렴치하고 무절제한 것. 당신은 아마 예술가들에게 깊은 동정을 갖게 될 것이다.'

대충 이런 내용이었습니다. 그러고 보니 그렇군요. 처음에는 저도 웃었습니다. 하지만 점점 기분이 나빠지기 시작했습니다. 내 책도 거기에 있기 때문입니다.

그리 잘나지도 못한 내 사진까지 표지에 걸어 놓고는 엉성한 꼴로 유객 행위를 하고 있습니다. 화장도 예쁘게 하고 옷도 화려하고 섹시하게 입었습니다. 어떻게 하면 눈에 띌까, 책 내용보다 포장이나 디자인에 더 신경을 썼습니다. 제목도 근사하게, 화끈하게, 자극적으로 지어야 거들떠보기나 할 게 아닌가. 어떤 게 좋을까. 제목을 붙이느라 며칠간 출판사 편집부와 쑥덕공론을 펼쳤던 장면도 눈에 선합니다. 제목만 잘 지어도 베스트셀러가 된다는데, 출판사에서도 진지합니다. 포주들이 모여 유객술 토론을 벌이는 것 같습니다.

그랬었지. 생각이 이렇게 되고 보니 정말 역겹습니다. 펼쳐 있는 내 책들을 뽑아내 집어 던지고 싶습니다. 창피하고 기분이 나쁩니다. 베스트셀러 저자입네 하고 뻐기던 아까와는 영 다른 꼬락서니입니다. 이런 제기랄, 나도 홧김에 한마디 내뱉지 않을 수 없습니다.

"철학을 한다는 작자들은 왜 이렇게 사람 속을 뒤집어 놓지? 무슨 심보가 그래?"

자기
그림자

누구에게나 약점, 결점, 창피스러운 일이 있습니다. 우린 이를 마음속 깊이 숨겨 두고 남에게 내보이려 하지 않습니다. 없는 것처럼 위장하기 때문에 자신조차 모르고 지냅니다. 하지만 이건 대단히 위험한 일입니다. 때론 감추기 위해 거짓말도 하고 과장도 하여 자신을 사기꾼으로 만듭니다. 무엇보다 내 마음이 편치 않습니다. 남은 속여도 나를 속일 순 없습니다.

심리학자인 융(Jung)은 이 비밀스러운 구석을 그림자(shadow)라 부르며, 여기에도 긍정적인 의미를 부여했습니다. 숨겨진 부분을 확인하고 수용할 수만 있다면, 자기 이해의 바탕 위에 성장할 수 있습니다. 사색과 명상, 혹은 잠시의 멈춤이 이런 계기를 마련해 줍니다.

자기 그림자를 만나면 누구나 놀랍니다. 실망이 큽니다.

'아니, 이게 나의 참모습인가.'

정신분석 과정에서 얼마간의 혼란, 우울, 실망을 경험하게 되는 건 이 때문입니다. 하지만 이를 부인하거나 피할 게 아니라 나의 한 부분으로 인식하고 받아들여야 한다는 것이 융의 위대한 통찰입니다.

나를 만나기 위해 오솔길을 걸어 보세요. 내 그림자를 만날 수 있을 때 자신을 더 가까이 느낄 수 있게 됩니다.

젊은 날이 그리울 때가 있습니다. 그런가 하면 문득 창피스러운 일들이 떠올라 얼굴이 화끈거립니다. 내가 어쩌다 그런 치사한 생각을 했지, 너무나 창피해서 두 번 다시 떠올리고 싶지 않습니다.

정신과 수련 시절, 교육용 정신분석을 받게 되었습니다. 대학에서 비용을 부담해 주지만 개인 부담도 만만치 않습니다. 저를 분석해 준 피터(Peter) 선생님은 한국전쟁에도 참전해 한국 사정을 잘 이해해 주었습니다. 그를 선택한 것도 그런 이유에서였습니다.

그의 분석은 정확하고 날카로웠습니다. 면도날로 살을 도려내듯 아플 때도 있었습니다. 감추고 싶었던 일, 까맣게 잊고 있던 일도 떠올랐습니다. 분석 시간이 아프기도 했지만 내 자신에 대해 상당 부분 이해가 되었습니다. 그것은 두고두고 좋은 교훈으로 남았습니다. 그런데 문제는 그때 지적받았던 약점과 결점들이 교정되지 않고 아직 남아 있다는 점입니다. 세력은 약해졌지만 지금도 저를 괴롭히고 있습니다. 조심하고 있습니다.

정신분석 과정이 아프긴 했지만 제 그림자를 빛나게 해 준 유익한 시간이었습니다. 정신분석을 받아 보라고 강권하진 않겠습니다. 다만 깊은 밤 혼자 앉아 자기를 바라보는 시간은 가져야 합니다.

산다는
것

케냐 세렝게티를 가 보신 적이 있나요? 〈동물의 왕국〉에 자주 등장하는 원시의 세계입니다. 형편이 되는 대로 꼭 한번 가 보시기 바랍니다. 제가 추천하는 해외 여행지 1호입니다.

숙소에서 바라보는 세렝게티의 한적한 겨울 달밤. 몽환적인 세계로 빠져듭니다. 달밤에도 눈에 띄는 건 얼룩말 무리입니다. 이놈들은 서서 잡니다. 덩치에 비해 아주 짧은 토막잠을 자는 게 전부입니다. 사자가 언제 공격해 올지 모르기 때문입니다. 사자가 공격해 오면 죽을힘을 다해 달아나야 합니다. 다른 수가 없습니다. 그래서 하느님은 얼룩말에게 오랫동안 달릴 수 있는 힘을 주신 것입니다.

사자에게 쫓기는 얼룩말은 '나도 사자였으면' 하는 생각을 하지 않습니다. 그냥 달아날 뿐입니다. 실제로 사자가 얼룩말 사냥에 성공할 확률은 20%밖에 안 된다고 합니다. 사자의 추격권에서 벗어나면 언제 그런 일이 있었냐는 듯 꼬리를 흔들며 태연히 풀을 뜯습니다. 마음에 새기지 않습니다. 외상 후 스트레스 장애(PTSD, Post Traumatic Stress Disorder)란 말도 인간 세계에나 있는 이야기입니다.

세렝게티. 이름 그대로 끝없는 평원입니다. 보기만 해도 시원하고 참으로 평화롭습니다. 하지만 그곳에는 언제나 팽팽한 긴장이 감돕니다. 쫓고 쫓기고, 먹고 먹히고. 살아남기 위해서는 필사의 노력을 다하지 않으면 안 됩니다. 악육강식, 생존의 원리가 선명한 것이 아프리카 평원의 동물 세계입니다. 한가로이 하늘을 나는 새들도 눈 깜짝할 사이에 포식자의 밥이 되고 맙니다.

여기선 어떻게 사느냐가 아닙니다. 그냥 산다는 것 그 자체뿐입니다. 이 거친 평원에서 지금 이 순간까지 살아 있다는 자체가 놀랍고 가치 있는 일입니다. 산다는 건 참으로 대단한 일입니다. 한가롭고 구석진 곳이라도 가까이, 찬찬히, 자세히 보세요. 먹이를 진 개미들의 쉼 없는 행렬, 바위틈을 비집고 핀 야생화, 벌레를 입에 문 새들의 경계어린 눈초리. 어느 하나 쉬운 생명이 없습니다. 생명의 존귀함을 다시 한번 확인합니다.

세렝게티에 가 보시면 인생관, 우주관이 달라집니다.

어디에
행복이
있길래

가을 해 질 녘, 바삐 고개를 넘던 나그네가 잠시 쉴 양으로 길가 바위에 걸터앉습니다. 땀을 훔치며 주위를 돌아보는데 바위가 묻습니다.

"노형, 어딜 가는 길이오?"

"응, 반갑구먼. 난 행복을 찾으러 가는 길일세."

나그네의 응수에 바위가 또 묻습니다.

"그래, 찾았소?"

나그네가 뭐라 응답하는데, 하필 가을바람에 우수수 지는 낙엽 소리에 그만 들리지 않습니다. 다시 잠잠해졌을 땐 나그네는 이미 저만치 가고 있습니다. 어디선가 자기를 기다리고 있을 행복을 찾아 또 발걸음을 재촉하고 있습니다.

지치고 허기진 나그네가 어둡기 전에 주막이라도 찾을 수 있을지 바위는 몹시 걱정이 됩니다. 그리고 나그네와의 짧은 만남이 못내 아쉽습니다. 좀 더 내 등에 올라타 땀을 식히고 편안히 쉬면서 못다 한 이야기도 나누다 갔으면 좋았을 텐데 하고 생각합니다.

"쯧쯧, 행복이 뭐길래."

절간 선방에 굴러다니는 이야기입니다.

지천으로 널린 게 행복이라는데 나그네는 행복을 찾았을까요? 행복은 어디쯤 어떻게 있을까요? 길에 떨어진 보석처럼 잘 찾기만 하면 보이는 것이 행복일까요?

지금
여기

정신과 환자는 지난 일로 고민하고, 분노하고, 후회합니다.

"What is done is done."

세익스피어가 한 말입니다. 이미 끝난 일은 지금 와서 어떻게 한들 바뀌지 않습니다. 그런데도 과거에 집착해 현재의 삶을 망칩니다. 그런가 하면 닥치지도 않은 내일을 걱정하며 잠 못 자고 불안해 어쩔 줄 모릅니다. 이런 환자에게는 오직 'Here & Now' 지금, 여기, 바로 이 순간만이 의미가 있는 것이니 지금 여기를 잘 살자고 강조합니다.

어제의 일이 떠올라 괴로워도 그건 어제가 아니고 지금입니다. 지금이 괴로운 것입니다. 내일이 걱정되고 불안한 것도 마찬가지입니다. 불안한 내일이 아니고 오늘이 불안한 것입니다. 모든 것은 지금 여기에서 벌어지고 있는 일들입니다. 인간은 지금 여기에 살도록 운명 지어져 있습니다. 어제는 이미 끝난 세상이고 내일은 아직 오지도 않은 세상인데 어떻게 거기 살 수 있겠습니까. 살 곳은 지금 여기뿐입니다. 지금 여기를 즐겁게 살면 어제도 내일도 즐거워집니다.

크리슈나무르티는 '지금 이 순간이 내게 주어진 마지막인 양 살자.'라고 했고, 임제 선사도 '바로 지금이지 다시 시절은 없다.'라고 했습니다. '지금 여기'는 우리에게 항상 가장 중요한 의미로 다가와야 합니다.

요즈음 미국에서 유행인 마음챙김 명상(mindfulness meditation)도 오직 지금 여기에만 집중하는 게 열쇠입니다.

정지된
시간의
두 세계

히말라야, 네팔 어느 산속, 깊은 계곡, 맑은 공기, 푸른 하늘, 만년설 위에 흰 구름이 한가로이 떠 있습니다. 아무 소리도 들리지 않고 시간이 정지된 듯한 느낌입니다. 어쩌다 마주치는 원주민의 모습에서도 시간의 흐름을 느낄 수 없습니다. 이들은 까마득한 태곳적부터 지금껏 그때 그 모습으로 살고 있습니다. 움막, 양털 옷, 양젖 수프, 어느 하나 변한 게 없습니다. 자연과 인간의 일체입니다. 이들에게는 산다는 것의 어려움도, 괴로움도 없을 것 같습니다. 자기 존재마저 잊고 유구한 시간의 흐름 속에 아무런 저항 없이 그냥 그렇게 맡겨 온 것입니다. 만년 전에도 이랬을 것이고, 만년 후에도 이럴 것입니다.

아무 일도 않고 모든 게 정지된 시간 속에 그냥 온몸을 맡기면 참으로 느긋하고 기분이 좋습니다. 시간이 정지되었으니 서둘 일도 바쁠 것도 없습니다. 그냥 아무 저항 없이 흐르는 시간에 몸을 맡기고 흘러가는 것입니다. 참으로 평화롭고 여유롭습니다.

몇 해 전 이와는 아주 다른 경험에 깜짝 놀란 적이 있습니다. 정확히 50년 만에 필리핀 마닐라 공항에 내렸습니다. 국제공항을 떠나 바로 옆 국내선으로 옮겨 가는 짧은 시간, 짧은 거리였음에도 전율을 느낄 정도의 충격에 빠졌습니다. 한마디로 옛날 그대로였습니다. 길에 좌판을 펴 놓은 장사꾼, 통을 메고 발룻을 외치는 아이들, 현란한 외양의 지프니, 왁자지껄한 거리…. 어디 하나 번듯한 데가 없습니다. 공상과학영화의 한 장면 같습니다. 시간을 정지시켜 놓은 듯합니다.

'이럴 수가!'

50년 전 이곳은 풍요와 약속의 땅이었습니다. 아시아 제일의 부자나라요, 선진 기술에 풍부한 지하자원이 있는 나라, 이웃 나라에서 유학을 오는 나라, 우리에게 장충체육관을 무상으로 지어 준 나라였습니다. 그런 나라가 어쩌면 이렇게 옛날 그대로일 수 있을까 참으로 착잡한 심경이었습니다.

시간이 멈춘 듯한 두 곳이 어쩌면 이렇게 다를 수 있을까요. 그렇다면 우리는 어떨까요?

너무 빨리 변하고 너무 빨리 흘러가는 시간에 현기증이 납니다.

창재의
건망증

하늘이 준 재주를 타고난 사람을 천재라 부릅니다. 제가 좀 색다르게 부르는 말 중에 창재(創材)가 있습니다. 창조적 인재가 그것입니다. 창조적 천재라 생각해도 다르지 않습니다. 천재적 두뇌를 갖고 태어난 사람도 창조적 업적을 남기지 못하면 천재라 부르지 않습니다. 따지고 보면 천재는 누구도 흉내 낼 수 없는 창조성을 타고난 사람입니다. 그러나 머리는 별로인데 기막힌 창조성을 발휘하는 이들도 많습니다. 이들도 창재라 부르고자 합니다.

창재들은 건망증이 심합니다. 특히 자기가 하는 일과 관계되는 일은 잘 잊어버립니다. 단기 기억은 뇌 깊숙이 있는 변연계의 해마가 담당합니다. 기억력은 30대 전반까지 절정을 이룹니다. 그때는 호기심도 많고 자극도 많이 받아서 수개월 단위로 교체되는 해마의 신경세포가 활성화됩니다. 최근의 보고에 의하면 해마의 신경세포는 긍정적인 자극으로 가득하면 젊을 때보다 나이가 들어 더욱 발달한다고 합니다. 70대에도 해마의 신경세포가 증식한다는 보고는 늙으면 기억력이 떨어진다는 그간의 정설을 완전히 뒤엎어 버렸습니다.

하버드 대학교에서 발간한 《행복의 조건》에 의하면 하버드 출신의 80대 고령층 중 90%가 재학 시절의 지적 재능을 고스란히 유지하고 있다고 합니다. 그러나 해마의 기억 기능은 아주 불안정해서 순간적인 기억은 15초를 전후해서 90% 잊어버리고 맙니다.

창재는 잊어버리길 잘할 수밖에 없습니다. 꼭 필요한 것만 기억하되 잡다한 건 잊어버립니다. 새로운 걸 기억할 공간을 만들어 주기 위해서입니다. 잘 잊는다는 건 그만큼 새로운 것을 기억하기 쉽게 한다는 의미입니다. 창재의 건망증은 이에서 비롯되며 새로운 창조의 공간을 만들기 위한 축복입니다.

필사적인
웃음

존. 35세, 예일대 출신, 뉴욕의 광고 회사 근무, 회의, 고객, 밤샘 작업, 줄담배, 커피, 프레젠테이션, 기안 제출, 반려, 수정 제출…. 출퇴근이 따로 없습니다. 사람을 물먹은 스펀지로 만듭니다. 하지만 이런 생활도 잠시, 어느덧 은퇴가 임박합니다. 30대 중반이면 슬슬 퇴물 취급을 받는 광고업계의 묵시적 압박이 가해집니다. 차라리 몇 날 며칠 밤샘 작업을 할 때가 그립습니다.

그가 라스베이거스를 찾은 건 웃기 위해서입니다. 별 재미없는 쇼에도 웃습니다. 아니 웃어야 합니다. 필사적으로 웃어야 합니다. 우린 여기서 미국인의 삶의 비장함을 느끼게 됩니다.

우린 좀처럼 웃지 않습니다. 각박한 세상에 웃음이라니? 하지만 그런 사람일수록 웃음이 필요합니다. 설마 당신에게도 존처럼 절박한 웃음이 필요한 건 아니겠지요?

강연장의 청중도 웃고 싶어 안달합니다. 연단에 서면 강연장에 웃음 욕구가 팽배하다는 걸 느낍니다. 강사는 그런 분위기를 감지합니다. 별스럽지 않은 말에도 청중은 잘 반응해 줍니다. 웃음에 관한 한 그렇습니다. 아주 큰 폭소가 터집니다. 이쯤 되면 그날 강연은 대성공입니다. 웃음에 대한 감정적 역치가 낮으면 강사가 물만 마셔도 폭소가 터집니다. 요즈음 인기 있는 강사는 내용보다 웃음거리 마련에 더 신경을 씁니다. 분위기가 너무 가라앉거나 청중이 집중을 못 할 때 한방 터뜨릴 무기를 갖고 있어야 합니다.

결정타를 날렸는데도 폭소는커녕 시큰둥하면 진땀이 납니다. 그런 강연은 끝난 후에도 아주 기분이 상합니다. 온몸이 땀범벅이고 피곤이 몇 배 더합니다. 말 한마디 하고 싶지 않습니다. 완전히 녹아웃됩니다. 그런 강연은 두 번 다시 하고 싶지 않습니다. 다시 강연 요청이 오더라도 정중히 거절합니다.

충청도 양반골 충주에서 있었던 아픈 경험입니다. 앞줄에 점잖은 노인 여러분이 앉아 계십니다. 말 한마디 실수라도 하면 큰일입니다. 저 어른들이 뭐라 할까 잔뜩 긴장이 됩니다. 강연이 시작되었습니다. 첫마디가 중요합니다. 제 딴엔 고민을 하고 던졌는데 역시 반응이 미지근합니다. 시작이 이러면 그날 강연은 대부분 쪽박입니다.

강연이 진행되는 동안 제법 괜찮은 펀치를 날렸는데 역시 시큰 둥합니다. 앞줄에 계신 점잖은 어르신들이 '어험' 하고 기침을 하면 그만 잠잠해집니다. 그러면 제 등에 식은땀이 흐릅니다. 빨리 시간이 지나가기만 고대합니다. 이윽고 고통의 시간이 막을 내립니다.

'후유, 내 다시는 오나 봐라.'

연단을 내려오는데 방송국 직원들이 싱글벙글하며 제게 달려옵니다. 이제까지 녹화 중 가장 재미있었던 강연이라며 난리를 칩니다. 칭찬인지, 위로인지.

충주 양반골의 명예로운 비극이었습니다.

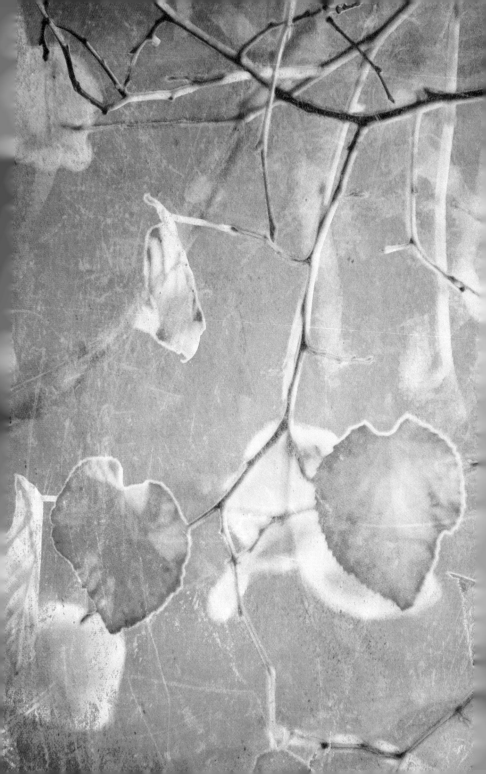

비틀즈의
엄마,
메리(Mary)

세계인의 가슴을 흔든 비틀즈의 노래 한 구절.

'어려울 때, 우울할 때, 엄마 메리가 속삭여 주는 지혜의 말씀, 렛 잇 비(Let it be).'

한데 이 '렛 잇 비'의 번역이 쉽지 않습니다. '그냥 그렇게 두어라.', '그대로면 어때, 그대로도 괜찮은 걸.' 대체로 이런 뜻입니다. 이건 10대의 철부지 입에서 나올 수 있는 말이 아닙니다. 마흔 살은 넘어야 비로소 그 말에 깊이와 무게가 실립니다. 제가 이 노래를 듣고 놀란 건 그래서입니다. 이 대목에서 그들의 표정은 무척이나 진지합니다. 노래 하나로 세계인의 심금을 울린 비틀즈는 10대 철부지였지만 거기에는 한 멤버의 엄마의 슬기가 젖어 있습니다.

요즈음 우리 사회에는 어른이 없습니다. 온통 젊은 목소리만 요란해서 불안할 때가 더러 있습니다. 정계에서도 젊은 피를 수혈해 신선한 변화를 이끌어 내야 한다고 합니다. 하지만 그것만이 전부는 아닙니다. 몇 해 전 삼성경제연구소에서 늙은 피 수혈론을 들고 나온 것도 그런 기우에서 출발했습니다. 젊은이들로만 구성하면 의사결정도 빠르고, 변화도 빠르고, 역동적입니다. 그러나 실수가 나타나고 실패 확률이 높아집니다. 신중치 못하기 때문입니다. 모두가 '좋다, 가자!'라고 할 때, 저 뒤에서 '이 사람들아, 다시 한번 생각해 보자고.' 하는 견제가 필요합니다. 그래야 균형이 맞습니다.

젊은이들이 창업하는 벤처기업의 실패 확률이 왜 더 높을까요? 경험과 지혜의 결핍 때문입니다. 1980년대 서양에서도 청년 실업률이 높았습니다. 각국은 고령자들을 조기 은퇴시키는 것으로 해결책을 삼았습니다. 그러자 곧바로 문제가 발생했습니다. 노인 복지기금 지출은 갈수록 늘어나는데 청년층의 취업률은 높아지지 않았습니다. 왜일까요? 장년과 청년이 할 수 있는 일의 성격이 다르다는 걸 몰랐기 때문입니다. 일이란 끈기로 하는 것입니다. 그런 자리를 젊은이에게 맡겼으니 그들이 감당할 수 없었던 것입니다. 결국 이 계획은 원점으로 돌아가 장년층 재취업이 시작되었습니다.

미국을 비롯해 서양에서는 젊은 정치 지도자들이 혜성처럼 나타납니다. 하지만 장관이나 상하 양원에서는 골통 같은 영감들이 버티고 있습니다. 그래서 균형이 맞는 것입니다.

지난 11월, 문인화 회원들과 함께 중국 무이산을 다녀왔습니다. 기차에서 내려 무이산 입구에 들어섰는데 산세가 예사롭지 않았습니다. 마침 차꽃이 활짝 피어 지친 나그네를 반겨 주었습니다. 저녁 식사를 마치고 장이모 감독의 야외극 〈인상대홍포(印像 大紅袍)〉를 보았습니다. 자연과 인간이 어우러진 환상적인 예술 세계가 펼쳐졌습니다. 천재가 아니고는 감히 상상조차 할 수 없는 작품입니다. 무이의 명물인 차를 만드는 이야기가 주제였지만 자연과 인간이 하나라는 성리학 원리가 그대로 담겨 있었습니다.

이튿날, 뗏목을 타고 무이 계곡을 따라가며 본 굽이마다 펼쳐진 아름다운 자연경관에 탄성이 절로 나왔습니다. 주자가 이곳에서 성리학을 집대성한 사연을 알 듯했습니다. 이곳을 자연과 인간, 그

본질을 추구하는 학문의 시작점으로 삼은 것은 굳이 설명할 필요가 없었습니다. 천하절경입니다. 우리나라에서도 자연경관이 수려한 곳에 누(樓)를 세워 학문을 연마한 맥이 그대로 이어집니다.

문득 평생을 성리학 공부로 일관하신 아버지 생각이 났습니다. 성균관 출신의 아버지께서 이곳 무이를 다녀가셨다는 이야기는 듣지 못했습니다. 아쉬웠습니다. 아버지를 모시고 왔더라면 얼마나 좋았을까. 문득 세월의 무상함을 떠올리게 됩니다. 아버지가 공부하시던 고향 마을 서당의 전경이 눈에 선히 떠오릅니다.

지금은 대구공항에 묻혀 버렸지만 우리 고향 갗밑마을은 동화의 나라처럼 아름다웠습니다. 연못가에 서당이 있었고 아버지도 그곳에서 천자문을 외우며 공부를 시작하셨겠지요. 무이산 한구석을 옮겨다 놓은 것 같았습니다.

뻐꾸기 우는 오월 훈풍에 새로운 희망과 환희가 부푸는 순간 느껴지는 애잔함이란….

스미듯 지나는 꽃향기처럼 봄날은 가고 성큼 찾아온 여름, 가을, 짙은 녹음이 단풍으로 물들고 어느덧 겨울, 자연은 나름의 삶을 마감하고 사그라집니다. 이 순간도 지나면 영원히 오지 않는 것, 그 아쉬움이 절절하게 와닿습니다.

'헤어져 가는 것에 사랑을 느낀다는 것. 이 얼마나 부조리인가.'

어느 시인의 독백입니다. 왜 떠나는 것, 헤어지는 것에 더 진한 사랑을 느끼게 될까요. 그래서 안타깝고, 그러기에 아쉽고 슬픈 것이 아름다움의 속성일까요. 아름다운 자연이 변해 가고 사라져 간다는 것이 마냥 아쉽긴 하지만 그렇게 보낼 수밖에 없는 것 또한 자연의 속성이기도 합니다. 다시 못 본다는 절망이 사라져 가는 것을 더 아름답게 만드는 아이러니입니다. 사람에게는 예외로 해야 하지 않을까요, 있을 때 잘하라는 말처럼.

'인생은 짧고 예술은 길다'라는 말을 많이 들어서인지 인생이 짧아 아쉽다는 생각이 머리를 떠나지 않습니다. 여든을 넘게 살다 보니 '인생이 그리 짧은 게 아니구나' 하는 생각도 듭니다. 실제로 옛날에 비하면 많이 길어진 것도 사실이지요. 그래도 문득 짧은 인생이 아쉬운 건 어쩔 수 없습니다. 무이산 절경 앞에서 인간의 본질을 사색해 보지 못하고 떠나야 했던 아쉬움이 남습니다.

어떤
일

땅을 파면 흙덩이뿐이고 하늘을 휘저어 봐도 텅 비었는데, 만물이 거기에서 태어나 삶을 이어 간다는 것이 신비롭기만 합니다. 보이지 않는 우주의 큰 힘을 느낄 수밖에 없습니다. 우주에는 신비롭고 위대한 힘이 충만합니다. 잠시 피고 지는 풀잎 하나에도 그럴진대 인간은 어떻겠습니까. 태어나는 순간부터 마치는 날까지 우주의 힘으로 생명이 유지됩니다. 이것만으로도 인간은 우주적 존재입니다.

'기적은 사람이 물 위를 걷는 게 아니고 땅 위를 걷는 것이다.'

어느 선사의 말입니다. 깊은 산속에 누워 나뭇잎 사이로 하늘을 보노라면 누구나 철학자가 됩니다. 이 위대한 자연을, 우주를, 그리고 오묘한 인간을 누가 만들었을까. 종교적 심성이 절로 우러납니다. 아메리카 원주민은 이럴 때 '무언가 위대함(Something Great)'이라고 말합니다. 인간의 지혜로는 설명할 수 없는 위대한 존재가 있다는 걸 믿고 있는 것이지요.

그날은 달이 밝았습니다. 어슬렁어슬렁 산을 올랐습니다. 솔숲 사이로 비치는 달빛, 어스레하게 다가오는 산의 무게 앞에 고개를 숙입니다. 한 번도 들어보지 못한 산울림이 느껴집니다. 그것은 우주의 소리였습니다. 그렇게 믿겨집니다. 외경심이 절로 났습니다. 한참을 바위에 기대앉아 있노라니 자연 속에 완전히 젖어들어 어느 순간 경계가 없는 하나가 되었습니다. 참으로 신비로운 순간이었습니다. 너무나 웅장하고, 너무나 신비로웠던 이 이야기를 하지 않을 수 없습니다. 그 순간 느낀 우주의 힘을 믿게 되었지만 미천한 이 재주로는 설명할 길이 없다는 게 아쉬울 따름입니다.

대자연의
판타지

시베리아 벌판에 착한 농부가 살았습니다. 해가 뜨면 밭에 나가 일하고, 해가 지면 집으로 돌아오는 성실한 농부였습니다. 그날도 온종일 일하다 문득 뒤돌아보니 거대한 태양이 지평선 너머로 지고 있었습니다. 그날따라 태양이 너무나 아름답고 황홀했습니다. 농부는 들고 있던 삽을 내려놓고 해를 향해 걷기 시작했습니다. 거대한 태양 속으로 빨려들듯 들판을 가로질러 내를 건너고 숲을 지나 끝없이 갔습니다. 해가 지고 황혼이 하늘 가득히 펼쳐졌습니다. 이윽고 사방이 어두워졌습니다. 춥고 배고픔에 지친 농부는 쓰러져 이리 떼의 밥이 되고 말았습니다.

러시아 정신과 의사는 이런 현상을 '시베리아 히스테리'라고 부릅니다. 학술적 진단으로 틀리진 않습니다. 하지만 이것을 정신과

적으로 진단하기에는 너무도 슬픈 그러나 아름다운 이야기가 아닐 수 없습니다.

세렝게티 생각이 납니다. 끝없이 펼쳐진 대지에서 떠오르는 아침 해를 맞이하고 싶었습니다. 우리 숙소는 언덕 뒤편이라 해맞이를 하려면 도시락을 갖고 가야 한다고 안내원이 말합니다. 그러나 절대로 버스에서 내리면 안 된다고 몇 번을 경고합니다. 들뜬 마음을 숨기지 못하고 잠이 덜 깬 일행을 끌고 앞장섰습니다. 차츰 어둠의 장막이 걷히고 어슴푸레 펼쳐지는 대지의 새벽에 우리는 할 말을 잃었습니다. 언덕에 이르자 버스가 멈춰 섰습니다. 아득한 지평선에 동이 트기 시작합니다. 참으로 환상적이었습니다. 더 이상 버스 안에 앉아 있을 수 없었습니다. 안내원을 버스 지붕에 올려 맹수들을 경계하게 하고 제일 먼저 내렸습니다. 나도 모르게 장엄한 대지의 새벽을 향해 걸었습니다. 태양이 얼굴을 내밀기 직전, 대지에 깔린 노란빛을 어떻게 표현해야 할까요. 천지가 황홀하고 신비로운 색으로 물들었습니다. 숨을 쉴 수도 없었습니다. 다행히 맹수들은 나타나지 않았습니다. 그날 아침을 생각하노라면 지금도 숨이 멎습니다. 모두들 도시락도 밖에서 먹자며 고집을 부렸습니다. 서로가 뒤를 보고 둘러앉았습니다. 원수진 사람들처럼 등진 서로의 모습을 보고 처음으로 웃었습니다. 그제야 몽롱한 트랜스(Trance) 상태에서 깨어났습니다. '세렝게티 히스테리'에서 현실로 돌아온 것입니다.

나팔꽃이
피기까지

여름날 아침에 곱게 핀 나팔꽃을 만나는 것은 신선하고 잔잔한 기쁨입니다. 우리는 나팔꽃이 아침 태양의 밝고 따스함으로 활짝 핀다고 알고 있습니다. 한데 얼마 전 한 일본 학생의 관찰기를 읽고 다시 생각하게 됐습니다. 기록에 의하면 나팔꽃이 피는 조건은 '밝고 따뜻한 햇빛이 아니라 밤의 어둡고 싸늘함'이 있어야 한다는 것입니다. 밤사이 따뜻하고 밝게 해 주면 아침이 와도 꽃은 피지 않았다는 실험 결과가 덧붙어 있었습니다.

그러고 보니 나팔꽃이 더 소중해 보입니다.

"애썼다. 어젯밤 힘들었지?"

밤을 새워 본 사람만이 새벽의 밝음에 감동할 수 있습니다. 한낮의 뜨거운 태양 아래 땀 흘려 일해 본 자만이 저녁이 가져다주는 편안함에 젖어들 수 있습니다. 울어 본 자만이 진정 웃을 수 있습니다. 어두운 절망의 바닥에서 헤매 본 자만이 밝은 희망을 품을 수 있습니다. 감동을 주는 기저에는 고통의 과정이 깔려 있습니다.

　요즘 아이들이 불쌍해 보이는 건 그런 아픈 경험이 많지 않기 때문입니다. 제가 고등학교 1학년 때 한국전쟁이 터졌습니다. 아버지께서는 입원 중이셨고, 전 열세 식구의 가장이 되었습니다. 대구 앞산 비행장 미군 부대에서 일할 때입니다. 대구의 한더위는 가히 살인적입니다. 실제로 약한 노인들은 더위를 못 견뎌 숨을 거두는 일

도 가끔 있었습니다.

그날은 구름 한 점 없고 바람 한 점 불지 않는 더위가 맹위를 떨치고 있었습니다. 군용 화물을 차에서 내려 양철 창고에 차곡차곡 쌓는 작업을 했습니다. 창고 안은 더위에 숨이 막힐 지경이었습니다. 어깨에 짐을 메고 사다리를 타고 지붕 밑까지 올려야 합니다. 팬티까지 다 적신 땀이 더 이상 흐르지도 않았습니다. 숨이 턱까지 차올라 현기증이 났습니다. 마지막 짐을 올려놓고 내려와 밖으로 나오니 '아! 살았다' 싶은 생각이 들었습니다. 창고 밖도 40도가 족히 넘었을 것입니다. 하지만 그렇게 시원할 수 없었습니다. 생이 다할 때까지 이 순간을 못 잊을 것 같습니다.

갓 피어난 나팔꽃 앞에서 떠오른 단상입니다.

고단한
현실이 주는
선물, 행복

최근 뇌과학 연구 기술이 발달하여 마음의 상태에 따라 뇌의 어느 부위가 활성화되는지 정확히 밝혀낼 수 있게 되었습니다. 그런데 예측과는 달리 행복 중추의 위치가 엉뚱한 데서 발견되었습니다. 행복이란 인간 최고의 세련된 감정이어서 최고사령부인 전두엽에 있을 것이라 예측했고, 실제로 그러했습니다. 문제는 행복 중추가 좌측 전두엽에 있다는 게 좀 엉뚱합니다. 좌뇌가 우뇌에 비해 지성적이고, 계산적이며, 논리적이라면 우뇌는 감성적입니다. 행복이라는 감정의 속성상 우뇌에 있어야 할 것 같은데 왜 좌뇌에 있을까요?

여기에 대한 명쾌한 해답은 없으나 대신 인문학적 추정을 하는 학자가 있습니다. 좌뇌는 복잡한 계산을 하기 때문에 행복 중추를 그곳에 놓았다는 겁니다. 위로도 되고 나아가 행복은 공짜로 쉽게 얻어지는 게 아니라는 것을 알려 주는 의미에서요. 행복은 복잡한 현실을 헤치고 잘 견뎌야만 얻을 수 있는 귀중한 선물이라는 뜻도 있습니다. 어디까지나 추정일 뿐입니다. 그러나 참 그럴듯한 해석입니다.

뇌과학계에서는 행복 물질인 세로토닌에 주목하고 있습니다. 이 물질이 분비되려면 햇빛, 리듬 운동, 스킨십이 풍부해야 합니다. 우리 생활을 돌아봅시다. 어떻습니까?

요즘은 자외선 공포와 함께 햇빛 기피증이 많습니다. 운동도 하지 않고, 스킨십은커녕 나홀로족이 날로 증가해 5백만에 이른다고 합니다. 그러다 보니 세로토닌 결핍증이라는 심각한 사회병리가 발생하고 있습니다. 행복의 여신이 울며 하늘로 돌아갈 만합니다. 아무리 손짓하고 소리쳐 봐도 듣는 이도, 보는 이도 없으니 참 딱합니다. 모두들 행복 타령은 하면서 행복의 여신을 외면하고 있으니 하느님도 이 문제를 어떻게 해결해야 할지 큰 고민에 빠져 있을 겁니다.

뇌가 약은 계산만 하느라 바로 옆 행복 중추는 외면하고 있는 겁니다. 쉽고도 어려운 것이 행복입니다. 행복은 골칫덩이인가요? 지천으로 널린 게 행복이라는데….

지천에 널린게 행복이라는데

이시형

흙에
앉으면

흙에 털썩 주저앉으면 마음이 편안해집니다. 여유롭고 느긋하고
풍성한 기분이 듭니다. 흙을 뒤집어쓰고 뒹굴며 깔깔대는 아이들도
무척 행복해 보입니다. 농촌 체험을 하며 감자와 고구마를 캐는 도
시인의 표정도 참 부드럽습니다. 땀을 뻘뻘 흘리면서도 마냥 즐거
워 보입니다. 이게 흙이 주는 마력일까요? 대지는 생명의 모체입니
다. 대지에 앉으면 엄마 품에 안긴 듯 편안해집니다. 왜 그럴까요?

뇌과학자는 이런 현상을 '변연계 공명(Limbic Resonance)'이라 부릅
니다. 흙에 앉거나 천렵을 하는 등 태곳적 경험을 하게 되면 감정의
뇌인 변연계에 공명이 일어나 즐거웠던 기억이 되살아납니다. 그
래서 이런 현상을 원시 체험, 순수 체험이라 부릅니다.

우리는 예부터 농사를 짓고 살아왔기 때문에 흙에 대한 각별한

애정이 있어 이런 공명 현상이 잘 일어나는 건 아닐까 생각합니다. 한국인은 대개 황토방을 좋아합니다. 요즈음은 황토벽이나 황토찜질방이 힐링 효과가 있다고 알려져 대단히 인기가 좋습니다. 흙 문화 속에 살아온 탓이겠지요. 황토방에 있노라면 마음이 푸근하고 편안해집니다. 대리석과는 아주 대조적입니다. 대리석은 어쩐지 우리와는 잘 맞지 않는 것 같습니다. 사람을 끌어안는 흙과는 반대로 대리석은 차가워서 사람을 밀어냅니다. 대리석으로 으리으리하게 지은 집은 어쩐지 마음이 편치 않습니다. 제가 촌놈이어서 그런가요?

물론 다른 설명도 있습니다. 좀 딱딱한 과학적인 설명에 의하면 인간이 가장 편안할 때의 뇌파는 8Hz입니다. 잠들기 직전이나 긴장을 풀고 느긋할 때 혹은 명상할 때 걱정거리와 스트레스가 줄어들면서 변연계 하부 기능이 아주 맑고 또렷해집니다. 이때의 뇌파가 8Hz입니다. 기공사가 기를 발할 때 표피의 진동 파동도 8Hz입니다. 그리고 지표와 전리층 사이에 일어나는 지구 파동(슈만 파동)도 8Hz입니다.

모두 우연일까요? 아직 과학적 연관성이 규명되지는 않았지만 같은 파동의 8Hz가 지구 파동과 공명 현상을 일으킨다는 설명은 충분히 가능합니다.

국화
앞에서

'한 송이의 국화꽃을 피우기 위해 봄부터 소쩍새는 그렇게 울었나보다.'

서정주 시인의 감성은 놀랍습니다. 그렇습니다. 국화꽃은 그냥 쉬 피지 않습니다. 나팔꽃이 피는 사연만큼이나 길고 깊은 진통이 필요합니다. 겨우내 언 대지 속에서 잔뜩 웅크린 채 봄을 기다립니다. 이른 봄, 딱딱한 가지에서 움이 트고 잎이 납니다. 이슬, 공기, 태양, 비를 맞고, 바람이 불고 서리가 내립니다. 이렇듯 국화 한 송이를 피우기 위해 땅과 하늘에서 전 우주가 참여합니다.

어디 국화뿐이랴 하는 생각을 하노라면 길가에 아무렇게나 핀 들꽃 하나에도 발길이 멎지 않을 수 없습니다. 문인화 수업의 한 가지 축복이라면 사물을 깊게 본다는 점입니다. 그전에는 건성으로 보고 지나쳤던 사물들이 예사로이 보이지 않습니다. 본질을 보려고 노력합니다. 예전에는 매화가 네 잎인 줄 알았습니다. 다섯 잎이라는 것을 알게 된 것도 문인화 수업을 받고 나서부터입니다.

천재 시인의 감성까지는 아니더라도 뜰 앞에 핀 국화꽃 한 송이에 무한한 애정을 갖게 됩니다. 앞뜰에 낙엽이 지는 가을밤이면 잠이 오지 않는 사연을 알 것 같습니다.

'밤에 무서리가 저리 내리면' 애써 핀 꽃이 오래가지 못합니다. 못내 아쉽고 서운합니다. 어찌 잠들겠습니까. '이젠 돌아와 거울 앞에 선 내 누이'의 뒷모습을 보면서 난 또 무슨 생각을 하게 될까요. 국화꽃 속에 온 세상이 들어 있습니다. 이런저런 생각에 국화 한 송이 그리다 손이 멎습니다. 밖에는 심술궂은 늦가을 바람이 불고 있습니다.

자연과
함께

바위 앞에 엎드려 소원을 비는 우리 할매나 큰 나무에 새끼줄을 매 놓고 마을의 안녕을 비는 조상들을 비웃는 사람이 있습니다. 미신이다, 우상숭배다 하며 탓하는 사람도 있습니다. 저도 그런 교육을 받았습니다. 그러나 요즈음 생각이 좀 달라졌습니다. 자연을 숭배하고 경외하는 조상들의 수천 년 전통을 그렇게 웃어넘길 일이 아니구나 하는 생각이 듭니다.

근대로 접어들면서 인간의 자연 파괴가 심각해졌습니다. 결국 지구가 인간과의 공생을 포기하며 반발하기 시작했습니다. 근년의 기상이변은 이변이 아닌 인간이 자초한 재앙입니다. '자연은 인간을 위해 존재하며 풍요로운 인간 생활을 위해 사용되어야 하고 개발되어야 한다'는 인간 중심의 서구적 사상이 빚은 불행입니다. 과연 지구는 인간만을 위해 존재하는 것일까요? 이제야 자연보호를 외치지만 그 역시 인간 중심에서 벗어나지 못한 증거입니다. 지나친 파괴로 인간이 못살게 되었으니, 이제야 보호해야겠다는 얄팍한 생각입니다. 보호는 강자가 하는 겁니다. 이 위대한 자연을 한낱 미물인 인간이 어떻게 보호하겠다는 것입니까. 당치 않은 오만입니다.

자연은 보호 대상이 아닙니다. 인간도 자연의 일부이며 같은 생명체로서 다른 모든 생물에도 생명이 깃들어 있다는 사실을 외면해서는 안 됩니다. 자연을 정복하고 이용한다는 생각에서 벗어나 자연과 더불어 산다는 생각으로 바뀌어야 합니다. 자연에 대한 외경심이 절로 우러납니다.

얼마 전 캐나다의 기상학자가 시엔엔(CNN) 방송을 통해 기상이변을 경고하였습니다.

"지구인 여러분, 요즈음 기상이변으로 세계가 난리죠. 그러나 이건 이변이 아니라 정상입니다. 북극의 빙하가 녹아내리고 지구온난화가 이렇게 심각해지는데도 기상이 예전과 같다면 그거야말로 이변입니다."

저는 인간의 오만과 무지 앞에서 무서운 공포에 휩싸였습니다. 태풍, 폭우, 홍수는 점점 잦아지고 대형화되어 갑니다. 잠잠하던 한국에도 지진이 시작되었습니다. 자연과 함께 살았던 조상의 슬기를 다시 한번 살려 나가야겠습니다.

우주의
리듬

자연계에는 일정한 리듬이 있습니다. 밤낮, 사계절, 조수간만 등 우주는 일정한 리듬에 따라 돌아갑니다. 인간도 우주의 일부이니 우주의 리듬에 따라 생활하는 게 가장 자연스럽습니다. 인간은 수백만 년 동안 밤에 잠을 잤습니다. 그러나 불행히도 현대 도시에는 밤이 사라졌습니다. 밤을 새우고 나온 사람을 보십시오. 부스스한 얼굴, 까칠한 피부, 여드름, 여자들은 생리 리듬도 난조에 빠집니다. 우주의 리듬을 거부하다니 참으로 당찮은 도전이요, 만용입니다.

인간의 디앤에이(DNA)는 밤에 잠을 자게 프로그래밍 되어 있습니다. 해가 뜨면 활동기로 바뀌어 일을 합니다. 인간이 밤에도 불을 밝혀 놓고 낮처럼 활동하기 시작한 건 그리 오래되지 않았습니다. DNA는 아직 그대로인데 밤에 낮처럼 활동한다는 자체만으로 몸에 무리가 갑니다.

일찍 잠자리에 들 수 없는 경쟁 사회에 돌입한 각박한 세상이지만 우리의 광적인 밤문화가 이대로 가서는 안 됩니다. 우린 한번 시작했다면 끝장을 봐야 직성이 풀립니다. 절제가 안 됩니다. 폭탄주에 1차, 2차까지 끝이 없습니다. 누구 한 사람 뻗어야 집에 갑니다. 그것으로 끝나는 것이 아닙니다. 집 앞 포장마차에서 또 한잔합니다. 이러고 돌아다니니 밤 12시에도 잠자리에 들지 않는 한국 성인이 68%나 됩니다. 이러고 나서 이튿날 근무가 제대로 될 리가 없습니다.

출근 시간의 지하철 풍경은 참담합니다. 대부분의 사람들이 스마트폰을 만지작거리거나 졸고 있습니다. 피곤한 퇴근길이라면 이해가 되지만 전장으로 나가는 병사가 아침부터 저 모양이라니요. 자유의 나라 미국도 주마다 차이는 있지만 국민 건강 측면에서 규제가 엄격합니다. 미국 동부에서는 밤 11시 이후 모든 술집이 문을 닫습니다. 일요일은 어디서든 맥주 한 병 살 수 없습니다. 진정한 자유는 엄격한 절제 속에 있습니다.

살찐
오리

어느 철학자의 수첩에서 읽은 이야기입니다.

스위스 호수에 철새들이 찾아옵니다. 이들을 사랑하는 한 노인이 먹이를 주기 시작했습니다. 오리 떼들은 살판났습니다. 이젠 먹이를 찾아 그 먼 죽음의 여행을 하지 않아도 됩니다. 어느덧 철새는 이동할 때가 되어도 떠나지 않고 눌러 사는 텃새가 되었습니다. 철새들은 편안하고 한가한 나날을 보냈습니다. 한데, 어느 해 봄날 알프스의 얼음이 한 번에 녹으면서 거대한 빙하가 호수를 덮쳤습니다. 철새는 놀라 달아나려고 했지만 몸이 무거워 날아오를 수가 없었습니다.

살찐 철새는 우리에게 많은 걸 시사해 주고 있습니다. 철 따라 수만 리를 날아야 하는 철새는 무엇보다 자기 몸 관리를 철저히 해야 합니다. 날렵한 몸매에 강한 날갯짓을 할 수 있어야 합니다. 그리고 먼 하늘을 날면서 기류의 변화 등에 민감하게 반응할 수 있는 고도의 감각기관과 위협을 감지할 수 있는 감각도 언제나 예리하게 작동되어야 합니다.

모든 생물은 주어진 환경에 적응하도록 수백만 년간 다듬어져 왔습니다. 그것을 하루아침에 바꾼다는 건 말도 안 되는 만용입니다.

〈살찐 오리〉를 읽으니 한국의 아이들 생각이 납니다. 한국의 비만 아동이 전체 아동의 30%를 넘는다니 걱정이 아닐 수 없습니다. 비만뿐이 아닙니다. 정신도 너무 나약합니다. 지겹게 들어 온 과잉보호란 말을 다시 하지 않을 수 없습니다. 아이들뿐만 아니라 어른들도 마찬가지입니다. 고혈압, 당뇨병 등 생활습관병이 만연해 있습니다. 이러한 병들은 희박한 예방 개념도 문제지만 '설마 내가' 하는 턱없는 낙천주의가 더 문제입니다.

선마을과 세로토닌문화원에서는 '허리둘레 5cm 줄이기' 캠페인을 벌이고 있습니다. 정부나 지자체에서도 국민 건강 증진을 위해 대사증후군 대책에 적극적입니다. 문제는 국민의 호응입니다. 막대한 예산을 투입해도 제멋대로 하는 국민성으로는 성과가 날 수 없습니다.

〈살찐 오리〉를 읽으면서 제 집 아이들을 생각하였습니다. 손자

녀석이 특전사로 입대하였습니다. 엄격하기로 세계 최강군이라는 데 녀석은 싱글벙글입니다. 지난번 외출 때는 아주 날씬하고 늠름한 모습으로 돌아왔습니다. 군이 한없이 고맙습니다. 이런 모습을 보면서 이제 여성도 군복무를 해야 하는 게 아닌가 하는 생각이 들었습니다. 나라를 위해, 그리고 소원인 날씬한 몸매를 위해.

벚꽃이
피면

벚꽃은 화사합니다. 그러나 피어 있는 기간이 너무 짧습니다. 거기에다가 벚꽃이 피면 왜 그리 비가 오고 바람이 세게 부는지, 못내 아쉽습니다. 이건 분명 자연의 심술입니다. 생각해 보면 조물주가 벚꽃을 너무 아름답게 만든 게 아닌가 싶습니다. 만들면서 잠시 한눈을 팔았겠지요. 깜빡하는 사이 너무 아름답게 되어 버렸습니다. 이놈이 피면 주위를 압도합니다. 다른 꽃은 아예 보이지도 않습니다. 이건 공평하지 못합니다. 그제야 조물주는 주위와 균형을 맞추기 위해 비를 내리게 하고 센 바람을 보내는 겁니다.

이건 제가 지어낸 이야기입니다. 마음에 드십니까? 이런 이야기를 지어내야 했던 사연이 있습니다. 가끔 정신과 상담실에 나타나는 엉뚱한 사람들 때문입니다.

이 사람을 보십시오. 세상의 모든 걸 갖춘 사람, 모두가 부러워하는 사람, 이 사람에게도 걱정거리가 있나 하고 놀라게 하는 사람이 있습니다. 상담실에서 만난 그들의 표정은 평소의 당당함과는 너무도 거리가 멉니다. 하늘의 시샘이라고밖에는 달리 표현이 안 됩니다.

그저 무난하고 평범한 사람이 좋습니다. 너무 튀는 사람은 구설수에 오르기 쉽습니다. 유명인이나 탤런트, 가수 중에는 멀쩡히 앉아 매장당하는 사람도 있습니다. 전혀 근거 없는 소문이 인터넷에 올라가면 순식간에 퍼져 나가는 무서운 세상입니다. 유명인이 아닌 저도 가끔 구설수에 올라 수모를 당합니다. 얼마 전 억울한 누명을 쓴 유명 가수와 함께 강연을 한 게 탈이 나서 제 학력까지 들먹이는 통에 우리 스태프들이 진땀을 빼야 했습니다. 뉴스에 나오는 이런 이야기들을 보면서 '참으로 어처구니없는 세상이구나' 하는 생각을 하게 됩니다.

이런 억울한 사람에게 '잘나서 탈'이라는 말 이외에 달리 위로할 말은 없고 내가 만든 벚꽃 이야기를 들려줍니다. 위로가 되었으면 좋겠습니다.

스프링복

아프리카에는 스프링복(springbok)이라는 성질 급하고 욕심 많은 동물이 무리 지어 살고 있습니다. 그곳에 건기가 계속되면 메마른 대지에는 풀 한 포기 자랄 수 없습니다. 모든 짐승들이 굶주림에 시달려야 합니다. 그러다가 우기가 시작되면 메마른 대지에는 파란 풀이 돋아나기 시작합니다. 온 대지가 활기에 넘칩니다. 스프링복도 바쁘게 되었습니다. 한 발이라도 앞서 좋은 풀을 차지하려고 마구 달립니다. 얼마나 욕심스레 달렸던지 이윽고 절벽에 이릅니다. 그러나 뒤에서 계속 밀려오는 무리 때문에 그대로 떠밀려 까마득한 절벽 아래로 떨어지고 맙니다. 풀 한 포기, 물 한 모금 마셔 보지 못하고 마치 자살하듯 그렇게 생을 마감합니다. 이놈들이 떠난 자리에는 무성한 풀밭이 배고픈 주인을 기다리고 있습니다. 다행히

무리에서 뒤처진 놈들이 풀밭을 독차지합니다. 이놈들은 살판난 거지요.

전 가끔(아주 자주 경험하는 일) 복잡한 교차로에서 먼저 가겠다고 꼬리를 물고 들어오는 차들 때문에 뒤엉켜 버리는 꼴을 보면서 스프링복 무리를 떠올립니다. '나 먼저!' 하다가 아무도 가지 못하고 뒤엉켜 버립니다. 그 어리석은 놈들과 무엇이 다를까요. 그러다 접촉 사고라도 나면 길 한복판에 차를 세워 놓고 서로 삿대질, 고함질을 하는 통에 아수라장이 됩니다. 교통정리를 하는 경찰도 속수무책으로 바라만 봅니다. 불법 운전, 얌체 운전을 보면서 '선진국이 되려면 아득하구나' 하는 생각이 저만 드는 것은 아니겠지요. 그때마다 생각나는 건 옛 조상들의 선비 정신입니다. 서두르지 않는 여유와 양보, 배려, 명예, 자족은 현대를 사는 우리에게 좋은 귀감입니다. 낡은 덕목이라며 외면하지 말고 새로이 부활시켜야 하겠습니다.

낙엽귀근

잎이 지면 뿌리로 돌아갑니다. 봄에 싹이 터서 꽃을 피우고, 열매를 맺고, 녹음을 지나 단풍이 들었다가 낙엽이 되어 뿌리로 돌아갑니다. 다시 흙으로 돌아가 새봄 거름이 되는 게 자연의 순리입니다. 낙엽귀근(落葉歸根), 대우주의 순환 원리에 따라 자연으로 회귀하는 것입니다. 거기에는 이미 소아(小我)가 없고 우주적 대아(大我)가 부활하는 장입니다. 흙으로 돌아가 대지의 생명력이 되어 나무를 타고 올라가 새싹을 틔우고 잎이 되어 우주의 기운과 합해지는 장대하고 신비스러운 천지조화(天地造化)의 장에 참여하게 되는 것입니다. 우주와 하나가 되는 천지합일의 순간입니다. 이때 비로소 새로운 생명으로 부활하며 위대한 자연의 일부로 부활하는 것입니다.

외국에서 살던 교포가 늙어 죽을 때가 되면 고향에 묻어 달라며 유언을 합니다. 어쩌면 동물의 공통된 본능이 아닐까 하는 생각이 듭니다. 객지에서 떠돌다 죽을 때가 되면 태어난 옛집으로 돌아가고 싶은 강한 귀소본능입니다. 객지 생활에서 받은 설움을 엄마 냄새나는 고향에서 달래고 안식하고 싶은 건 인지상정입니다. 혼이나마 옛 친구들과 한데 어울려 지내고 싶은 향수가 짙게 작용합니다. 고향에 묻혀야 위화감 없이 쉽게 동화되어 우주와 하나가 될 수 있습니다.

하늘을!

하늘을 바라본 적이 언제인가요? 행여 삶에서 하늘을 잊어버린 것은 아닌지요. '큰대자(大)'로 누워 무변광대한 하늘을 바라보면 이제까지 품었던 고민은 너무나 작고 하찮아집니다. 저 하늘과 구름보다 아름다운 것이 또 있을까 하는 생각이 듭니다.

하늘과 구름은 우리를 어디론가 끌고 가는 마력이 있습니다. 모든 걸 훌훌 떨치고 구름처럼 제멋대로, 매임도 없이, 틀도 없이, 거침없이 떠나는 겁니다. 고개를 들어 쳐다보는 것만으로도 이렇게 아름답고 황홀한 세계가 펼쳐집니다. 이 모두가 당신의 것입니다. 오늘, 조용한 뒤뜰에 누워 하늘을 보고, 구름을 보고, 무슨 이야기를 하려는지요.

쫓기는 일상에선 하늘을 볼 여유도 없습니다. 당장 코앞에 떨어진 일을 처리하기에도 숨이 찬데 언제 한가로이 하늘을 쳐다볼 수 있겠습니까. 그렇습니다. 하지만 그럴수록 하늘을 쳐다보시기 바랍니다. 지금 저 하늘, 저 구름은 두 번 다시 없습니다. 내근 근무자들은 창밖을 쳐다보는 일이 흔하다고 합니다. 일이 안 풀릴 때, 상사한테 꾸중을 들었을 때 하늘을 바라보면 순간 마음이 누그러집니다. 때로는 잔뜩 찌푸리며 심술을 부리기도 하지만 하늘은 언제나 푸근한 정감을 베풉니다.

집에 들어가기 전에 잠시 걸음을 멈추어 밤하늘을 한번 쳐다보세요. 온종일 시달린 지친 마음, 화나는 일, 격한 감정, 온갖 회한과 후회… 이런 마음으로 집에 가면 괜한 짜증을 부릴 수 있습니다. 영문을 모르는 가족들은 당황할 겁니다. 잠시 심호흡하며 하늘을 쳐다보세요. 애연가라면 담배 한 대도 좋습니다. 밤하늘에 담배 연기를 내뿜으면 모든 근심이 사라집니다. 멋도 있고.

'마당엔 하늘을 욕심껏 들여놓고 밤이면 실컷 별을 안고'라는 노천명의 시 한 구절이 생각납니다.

모닥불

캠프파이어. 이윽고 불이 붙으면 사람들은 함성을 지릅니다. 이렇게 불길은 사람을 흥분시킵니다. 본능의 심연에 누워 있는 원시인의 사육제 분위기가 연출되기 때문입니다. 밤이 깊어 불길이 차츰 잦아들면 함성과 합창도 잦아들고 하나둘 잠자리로 흩어집니다. 이제 몇몇만 남아 모닥불 가에 둘러앉았습니다. 주위는 온통 캄캄합니다. 전 우주의 기운이 모닥불에 맞추어진 듯합니다. 무거운 밤공기에 잔잔히 이어지는 늙은 교수의 인생 이야기에 모두가 빠져듭니다. 빨갛게 익은 볼들, 한없는 정겨움과 따뜻함이 모두에게 전해집니다. 저마다 가슴 깊은 곳에 알 수 없는 울림이 퍼집니다. 모닥불이 만드는 마력입니다.

원초적 심성의 울림, 공명. 모닥불은 인류의 태곳적 본성을 깨우는 힘이 있습니다. 이런 현상을 변연계 공명이라 부른다고 앞 장에서 간단히 소개한 바 있습니다. 변연계는 대뇌 고위중추 아래 원시 뇌 사이를 가로질러 있는 시스템으로 인간의 원초적 감성의 본향입니다. 대뇌의 경쟁, 세속적 욕심과는 무관한 원초적인 순수한 감성에는 잘나고 못난 것이 없습니다. 순수 그 자체입니다. 그래서 순수 체험이라고도 합니다.

제가 운영하는 산골 건강마을의 인기 프로그램은 키바(KIVA)입니다. 키바는 미국 남부의 아메리카 인디언들이 마을 어귀에 큰 돌을 듬성듬성 놓고 한복판에 불을 피워 놓고 회의를 하는 장소로 사랑방 역할도 합니다. 우리에게도 비슷한 것이 있었습니다. 옛날에는

마을 어귀에 큰 정자나무가 있었지요. 바람막이 역할도 하고, 농사일에 지친 농부들이 낮잠도 자고, 나그네가 잠시 쉬는 쉼터 역할도 했습니다. 사라진 이런 모습들이 아쉬워 시작한 키바가 인기인 것은 원시적 향수가 우리 뇌 속에 각인되어 있기 때문일 것입니다.

정적의
소리

정적의 소리를 들어 본 적이 있습니까? 그것이 어떤 소리인지 표현할 길은 없지만 천지가 너무나 조용해서 무언가 들리는 듯한 그런 소리입니다.

우리가 이곳을 건강마을의 터로 정한 건 그래서였습니다. 길에서 5리를 돌아 오르다 보면 어느새 들어온 길이 보이지 않습니다. 연꽃처럼 산으로 폭 둘러싸여 밖에서 전쟁이 나도 모를 은자가 머무는 곳 같습니다. 물소리, 새소리, 바람 소리가 어우러진 자연의 소리만 가득합니다. 그것만으로도 마음이 편안해집니다. 자연의 화음에 귀 기울이면 같으면서도 같지 않은 묘한 '흔들림'이 균형과 조화를 이루고 있습니다. 그 많은 나무도 같은 게 하나 없습니다. 같은 나무의 가지도, 심지어 잎 하나까지도 같은 게 하나도 없습니다. 그러면

서도 숲이라는 아름다운 조화를 자아내고 있습니다. 바위도 모두가 제멋대로지만 산이라는 수려한 경관을 만들고 있습니다.

불규칙 속의 조화를 학술적으로는 1/F 리듬이라고 합니다. 이런 상태가 인간의 마음을 가장 편안하게 합니다. 산에 오면 절로 힐링이 되는 이유입니다. 아시지요, 공해 가운데 가장 악질이 소음이란 것을. 사람을 미치게 합니다. 소음의 해독제는 자연의 소리가 유일합니다.

고요함은 산이 갖추어야 할 필수 요소입니다. 미국의 유명한 등산 코스는 모두 예약제입니다. 사람 소리가 그리워 가는 게 아니기 때문이지요. 일정한 간격을 두고 올라가고, 서로 소곤거릴 정도로만 대화할 뿐 자연과 서로를 방해하지 않습니다.

우리는 너무 시끄럽습니다. 식당도, 카페도 예외가 없습니다. 소음 때문에 밥이 어디로 넘어가는지 정신이 없습니다. 옆 테이블이 시끄러우니 덩달아 큰 소리를 내지 않으면 대화가 어렵습니다. 마치 경쟁하듯 고함을 칩니다. 시정잡배들도 이렇진 않을 겁니다.

가끔 방송국 카페에서 실신할 정도의 충격적인 광경을 목격합니다. 드라마의 주인공으로 나오는 모습은 그렇게 차분하고 조용할 수가 없습니다. 역할이 그러하니 평소 인품도 그러려니 하는 게 시청자들의 생각입니다. 한데 이 사람, 드라마에서 보는 상과는 아주 딴판입니다. 천박한 언사로 친구들과 떠들어대는 꼴은 차마 볼 수가 없었습니다. 그날 이후 그가 나오는 프로그램은 보지 않습니다. 예뻐했던 아이돌을 하나 잃은 허탈함이 있지만 뭐랄까 따끔하게 한 대 야단친 기분입니다.

밀알
한
톨

미국 아이오와 대학에서 한 실험입니다. 사방 30cm의 나무통에 밀알 한 톨을 심었습니다. 이윽고 싹이 트고 자라나 빈약하지만 열매도 맺었습니다. 연구진들은 통을 부수고 뿌리의 길이를 쟀습니다. 전자현미경까지 동원해 모세근까지 다 쟀습니다. 놀라지 마십시오. 뿌리의 길이는 자그마치 11,200km였습니다. 경부선 왕복 800km를 14번 오가는 길이입니다. 자연의 위대함에 다시 한번 큰 감동을 받습니다. 나무통 속에서 싹 튼 것도 대단한 일인데 열매를 맺기까지 혼신의 힘을 다한 것입니다.

한 톨의 밀알은 작은 통 안에 잔뿌리를 뻗고 흙 속의 양분을 흡수하여 이윽고 한 포기의 밀로 자랐습니다. 실험실의 퀘퀘한 매연, 비와 바람을 견디고 이슬과 안개 속에서 때로는 태양의 따스함을 맞으며 열매까지 맺었습니다. 대지와 하늘과 그야말로 우주가 만들어 낸 결실입니다. 누가 이 밀을 두고 연약하다느니 초라한 수확이라느니 평할 수 있겠습니까. 이렇게 생존한 것만으로도 정녕 위대합니다.

저는 이 보고서를 우연히 읽은 후로 다른 글에 인용하고, 실의에 빠지거나 좌절감에 주저앉은 사람, 우울증으로 자살을 생각하는 사람에게도 들려주곤 합니다. 건강마을에서는 새벽마다 산에 가서 명상을 합니다. 그때도 이 이야기를 빠트리지 않고 합니다. 산에는 기세 좋은 나무도 많지만 큰 나무 그늘 아래 바위틈을 겨우 비집고 자라는 작고 볼품없는 나무들도 많습니다. 주어진 여건에서 최선을 다해 살아가고 있습니다. 좋은 환경에서 잘 자란 거목도 결코 거만하지 않습니다. 볼품없는 나무도 실의에 빠지거나 좌절하지 않습니다. 큰 나무를 부러워하거나 시기하지도 않습니다. 주어진 여건을 받아들이고 분수대로 살아갑니다. 실험실에서 자란 초라한 꽃도 부잣집 정원에 핀 화려한 장미를 부러워하지 않습니다. 주어진 여건에서 최선을 다한 증거는 엄청난 뿌리가 증언하고 있습니다.

우리 인간은 어떤가요? 자연의 일부인 우리는 어쩌면 이렇게 다를까요. 이런 질문을 하면서 하늘을 쳐다봅니다.

몸살이
주는
축복

더러 앓아 보셨죠? 무리하다 몸살이 나면 고열, 오한에 온몸이 쑤시고 물조차 넘기기 힘듭니다. 몸살은 하루아침에 나지 않습니다. 며칠 전부터 무거워진 몸이 보낸 신호를 듣지 않고 강행군한 탓입니다. 시상하부가 죽겠다고 보낸 신호를 못 들었거나 들었어도 자꾸 미룬 결과입니다.

'이러다 사람 죽겠구나.'

인간을 어여삐 여긴 조물주께서 내린 현명한 판단이 바로 몸살입니다. 꼼짝 말고 쉬라는 경고입니다. 입맛도 앗아갑니다. 밥이라도 먹으면 이 미련한 인간이 먹고 또 일하러 나갈 테니까 푹 쉬라는 선물이요, 축복입니다. 생각하면 고마운 일입니다. 그만큼 열심히 뛰었다는 증거입니다. 몸은 아파도 자부심이 넘칩니다. 앓고 난 후에는 비 온 뒤 죽순처럼 성큼 자란 느낌이 듭니다. 성숙과 지혜는 나이 위에 절로 쌓이는 게 아니랍니다. 열심히 살고 아픔을 견뎌 낸 자에게 오는 축복입니다.

'건강마을에 오신 것을 환영합니다. 앓는 셈 치고 푹 쉬다 가시기 바랍니다. 당신은 그럴 자격이 충분합니다. 진짜 휴식이 필요합니다, 큰 몸살을 앓기 전에.'

스트레스가 큰 병을 만들기까지 그 경과를 살펴보면 몸살은 바로 제1기 경계 반응입니다.

'이대로 가면 안 돼. 조심해!'

이때 일과 휴식이 적절한 균형을 이루면 몸은 전보다 훨씬 튼튼해집니다. 단련의 효과로 저항이 생겼다는 뜻입니다. 이게 이상적인 건강 상태입니다. 하지만 휴식을 짧게 취하면 미처 피로가 풀리지 못해 만성피로가 옵니다. 이를 무시하고 강행군하면 장기에 병변이 오는 등 암을 비롯한 질병이 발병합니다.

인생을 풀(full)로 사는 사람이라면 몸살도 더러 앓아야 합니다. 몸살이 주는 경고를 잘 듣고 과학적인 대처로 몸살이 축복이 될 수 있도록 해야 합니다.

자연
그대로

〈동물의 왕국〉에 자주 등장하는 케냐의 세렝게티 평원. 원시 세계가 잘 보존되어 있어 신기한 곳입니다. 그곳에는 마사이족이 수만 년 동안 일군 삶의 터전이 있습니다. 50여 년 전, 이곳이 국립공원으로 지정되자 마사이족은 다른 곳으로 이주했습니다. 그런데 이들이 살았던 그 넓은 들판에 사람이 살았던 흔적이 없습니다. 그들은 자연 속에서 자연으로 살았던 것입니다. 그저 짐승 한 마리, 나무 한 그루였을 뿐입니다. 그들에게는 인간이 만물의 영장이라는 오만방자함이 없습니다. 이러한 자연관이 그런 결과를 남긴 것입니다. 개발에 익숙한 우리에게 대단한 충격이 아닐 수 없습니다.

우리 조상들도 영산(靈山) 신앙이 돈독했습니다. 산에 든다(入山)고 하지 등산이라는 말도 쓰지 않았습니다. 등산은 개발과 함께 서양 문물이 들어오면서 생긴 말입니다. 산꼭대기에 올라 '야호!' 하고 외치는 고함은 인간의 오만함을 보여 주는 징표입니다. 도대체 무슨 권리로 산짐승을 놀라게 한다는 말입니까.

건강마을에서는 잠든 숲을 깨우지 않으려 조심합니다. 달 없는 밤에는 겨우 길만 보이게 간접조명을 하고, 밤 10시면 완전 소등합니다. 밤의 운치를 살리느라 살아 있는 나무에 태양보다 밝은 조명을 비추는 것은 폭력입니다. '어둠과 고요와 멈춤'의 시간을 숲에 돌려주려고 합니다. 그리하여 우리도 야생의 세계로 합류하는 소중한 경험을 할 수 있기를 빕니다.

마사이족은 지구상에서 소위 생활습관병이 제일 적은 종족입니다. 생활환경이 자연 그대로입니다. 먹을 게 풍족하지도 않습니다. 옥수수와 우유가 주식입니다. 그들은 태양 아래 바람을 맞으며 맨발로 대지를 밟고 소식다동(小食多動)하며 자연 그대로 생활합니다. 건강 장수 유전자가 잘 발현될 수 있는 조건을 모두 갖추고 있습니다. 열악한 환경에서도 건강을 유지할 수 있는 것은 자연 그대로의 삶을 꾸려가기 때문입니다.

당신은 맨발로 맨땅을 걸어 본 적이 있습니까? 행여 자외선 공포로 햇빛을 등지고 살지는 않습니까? 한 블록도 걷지 않고 차로 다니진 않습니까? 바람을 가리고 냉난방 속에 살고 있지 않습니까?

대답은 안 해도 됩니다. 그냥 물어본 겁니다.

맨발로
대지를

유명한 외과의사가 위암 수술을 받게 되었습니다. 제 친구입니다. 한데 막상 배를 열고 보니 만성위염으로 밝혀졌습니다. 모두들 다행이라며 축하했지요. 집에서 요양하고 있는 그를 찾아갔습니다. 친구는 맨발로 잔디를 밟고 태양을 바라보고 서 있었습니다.

"이봐, 무슨 생각해?"

"응, 이렇게 내 발로 땅을 딛고 설 수 있다는 것, 온몸으로 태양을 받을 수 있다는 것, 산다는 것이 이렇게 큰 기쁨으로 충만한 일인지 미처 몰랐네."

맨발로 대지에 서면 차가운 기운이 발바닥을 통해 온몸을 감돌아 흐르는 걸 느낄 수 있습니다. 온몸의 세포 하나하나가 맑게 정화되어 신선한 활력이 넘칩니다. 하늘을 보면 하늘(天), 땅(地), 사람

(人)이 하나가 됨을 온몸으로 느낍니다.

이 친구는 머리가 좋습니다. 머리 좋은 사람은(다 그런 건 아니지만) 말이 많습니다. 까불대기도 하고 경솔한 인상을 주기도 합니다. 이 친구는 앓고 나더니 사람이 완전히 바뀐 것 같습니다. 맨발로 대지를 딛고 명상을 한다는 건 이전의 그의 모습은 전혀 아니었습니다. 염라대왕 앞에 갔다 와서일까요, 아니면 태양 아래 맨발로 대지를 딛고 명상에 젖어 사람이 달라진 걸까요. 어쨌거나 그에겐 축복입니다.

사람은 더러 아프기도 해야겠구나 하는 생각을 잠시 했습니다.

인생의 오후

'50세가 되었으니 지금부터 인생의 오후가 시작된다.'

앤 린드버그의 자전적 에세이《바다로부터의 선물》은 이렇게 시작합니다. 50회 생일을 맞아 1주일간 혼자 해변을 거닐면서 인생을 돌아보고 앞으로의 삶을 생각하며 쓴 글입니다. 그는 대서양 횡단을 한 남편에 가려 잘 알려지진 않았지만 그도 저명한 사회학자요, 미국 최초의 여류 비행사요, 다섯 아이의 엄마이자 저술가였습니다.

드넓은 바다에 해가 뜨고 눈부신 정오의 태양을 바라보며 '인생의 오후가 시작된다'고 읊조린 그의 감성이 놀랍습니다. 누구에게나 오전은 '앗!' 하는 사이에 지나가며 단조로운 반면 오후는 길고 복잡합니다. 이렇듯 100세 시대의 오후도 길고 다양합니다. 인생의 승부처는 바로 여기입니다. 후반전을 이겨야 진짜 이기는 겁니다. 후반에 잘 살아야 진짜 잘 사는 겁니다. 젊을 때 거들먹거리다 늘그막에 초라해지면 차마 눈 뜨고 볼 수 없습니다. 점심 느긋하게 잘 드셨는지요? 전반전대로 뛸 것인지 아니면 다른 길로 갈 것인지 당신의 오후 여정이 궁금합니다.

삶의 질은 퇴근 이후 시간에 결정됩니다. 직장은 외길이지만 퇴근 이후는 폭이 다양합니다. 상사 흉도 보면서 동료들과 한잔하거나 반가운 녀석들과의 만남은 언제나 즐겁습니다. 데이트는 또 얼마나 설레고 달콤합니까. 영화, 음악회, 운동, 파티, 자기 계발 등등 끝이 없습니다. 한 가지 조심할 것은 한쪽으로 빠지지 말고, 다 할 순 없지만 그래도 적당히 골고루 하자는 것입니다.

은퇴 후 100세를 준비하는 것은 지금부터 해도 빠르지 않습니다. 인생의 진짜 승부처는 지금부터입니다.

다
쓰고
가자

나이가 들면 들어오는 수입은 없고 구멍 난 독에 물 빠지듯 자꾸 줄어드니 자연스레 인색해집니다. 게다가 '자리에 누으면 어쩌지' 하는 걱정이 들면 한 푼 쓰는 데도 손이 오그라듭니다. 그러나 이 건 지나친 걱정입니다. 일본의 노인정신의학자 와다 교수의 조사에 의하면 노인들이 아파서 드러눕는 기간은 평균 8.5개월이라고 합니다. 몇 해가 되는 경우도 있지만 이런 경우는 예외입니다. 실제로는 병석에 드러눕고 수일 혹은 한 달 이내에 영면하는 경우가 대부분이며, 2~3일이 제일 많다고 합니다. 병상에 있는 몇 달 며칠을 위해 몇십 년을 쓰지 않고 벌벌 떨고 있을 순 없습니다. 만약 의식 불명이라도 되면 돈이 있는지 없는지조차 모릅니다.

어느 날, 정신을 잃고 갑자기 쓰러집니다. 돌아가시려나 보다 하고 자식들이 병원으로 모여듭니다. 한데 웬걸, 저녁 때 멀쩡히 일어나 자식들을 둘러봅니다.

"너희들 왜 왔어?"

그러곤 별일 없는 듯 대화도 나눕니다. 이제 괜찮으신가 보다 하고 자식들이 하나둘 돌아가면 다음 날 영영 이별합니다. 인간에게는 비상시를 위해 RNA라는 최후의 에너지가 간에 저장되어 있습니다. 이것이 비상시 초인적인 괴력을 발휘하는 원천입니다. 가족에게 마지막 인사를 하라는 뜻입니다. 그러곤 조용히 떠납니다. 대부분의 사람들은 이렇게 삶을 마감합니다.

'맛있는 것도 사 먹고, 여행도 가고, 후배들 불러다 술도 한잔 사고, 있는 것 다 쓰고 가자. 모자라면 사는 집도 담보로 쓰자. 의료비보다 노는 데 쓰자.'

마음에 듭니까? 많이 남겨 봐야 자식들 싸움만 붙입니다. 노후 대비는 보다 과학적으로 해야 합니다. 여유 있게 살려면 자식들에게 물려줄 생각은 마십시오. 쓰고 남는 돈이 있으면 사회에 돌려주는 겁니다. 생각이 그렇게 되는 순간부터 당신은 부자로 살 수 있습니다. 물려주려고 하는 순간 인색한 노인이 됩니다. 돈 있는 영감이 인색하면 욕먹습니다. 자식들에게 남겨 줄 것도 없고 바라지도 않는 게 좋습니다. 어떤 경우에도 서러운 노인이 되어선 안 됩니다.

"내가 저놈들을 어떻게 키웠는데…."

공도 모르고 잘 봉양하지 않는다는 불만의 소리입니다. 효도는 아이들이 어릴 적에 다 했습니다. 아이가 겨우 걸음마를 하거나 '엄마, 아빠'라는 말 한마디를 했을 때, 사진 찍으며 온 가족이 둘러앉아 행복하게 웃었을 때, 아이들은 그때 효도를 다 한 겁니다. 무얼 더 바랍니까. 늙어서도 잘하면 그건 덤으로 생각하십시오.

나이는 숫자일 뿐

'큰일을 하려면 이름이 없어야 하고, 돈이 없어야 하고, 나이가 없어야 한다.'

중국의 거인 모택동이 한 말입니다.

'이것도 이름이라고, 돈이라고, 행여 딴짓하다가 이마저도 날려 버리면 어쩌지.'

그만 소심해집니다.

'이 나이에? 늙은 개에게 새로운 묘기를 가르칠 수 있을까?'

이것이 결정타입니다. 현상 유지나 하려 하지 새로운 일에는 아예 엄두를 내지 않습니다. 이런 심리 상태라면 그 사람의 사회적 인생은 끝났다고 보아야 합니다. 어쩌면 그의 인생의 종말일 수도 있습니다. 흔들의자에 앉아 지나간 추억이나 되씹고, 단골집 나들이

가 고작이라면 그 역시 같은 부류의 사람입니다.

아무것도 없던 젊은 시절을 생각해 보세요. 무슨 일을 하든 잃을 게 없습니다. 명예? 인기? 돈? 밑져야 본전입니다. 잃을 게 있어야죠. 실패? 넘어지면 또 일어나지요. 이게 젊음의 특권입니다. 잘 해야 본전과는 차원이 다릅니다. 당신이 몇 살이건 오늘 당장 새로운 걸 시작해 보는 겁니다. 신문도 새것으로, 텔레비전 채널도 바꿔 봅시다. 새 옷을 입고 낯선 시장에 가서 안 먹던 음식도 먹어 봅시다. 오랫동안 못 만났던 친구에게 전화하고, 책방을 둘러보세요. 영화관에도 가고요. 제일 좋은 건 여행입니다. 계획만으로도 흥분일색입니다. 젊음이란, 나이가 아니고 새로운 일을 하느냐 하지 않느냐에 달려 있습니다.

우리의 5대 건강 목표 중 하나가 평생 현역으로 뛰는 것입니다. 그러면 치매에 걸리지도 않습니다. 주름을 들춰 보십시오. 주름진 골에 젊은 시절의 홍안이 웃고 있습니다. 가슴이 뜨겁게 뛰고 있는 이상 젊음의 열정은 식지 않습니다.

여행은 가슴이 떨릴 때 하는 것이지 다리가 떨리면 보이는 거라곤 앉을 자리뿐입니다.

젊음이란
시계를 보지 안느것

이 시형

에이징
파워
(Aging Power)

노화에 가장 민감한 뇌 부위는 전두엽입니다. 관리를 잘못하면 80세에 30%나 감소합니다. 일반적인 뇌 위축이 6~7%인 것에 비하면 아주 큽니다. 특히 전두전야가 위축되면 자발성, 의욕, 창조력, 감정 조정력 등이 감퇴되어 본격적인 정신 노화 조짐을 보입니다. 항상 전두엽을 젊게 유지해야 합니다. '많이 배우고, 일도 하고, 많이 놀아라.' 이것이 장수건강학회의 전두엽 관리 지침입니다.

누군가 '노인력(老人力)'이라는 매력적인 말을 썼습니다. 노인력이란 건망증이 오거든 나쁜 것, 싫은 것들을 잊을 수 있는 능력이 생긴 것으로 여기고, 정력이 떨어지거든 세속적 욕구에 집착하지 않을 능력이 생긴 것으로 여기라는 말입니다. 생각을 바꾸면 새로운 능력이 생깁니다. 지혜와 슬기, 삶의 깊은 맛을 음미할 수 있는 것이 노인력입니다. 아직 그런저런 걱정은커녕 생각도 안 해 보셨다면 그 또한 축복입니다.

제가 《에이징 파워》를 쓰게 된 사연이 여기 있습니다. 나이가 들면 모든 면에서 떨어진다는 게 일반적인 생각입니다. 하지만 그건 오해요, 편견입니다. 오히려 올라간다는 점을 의학적으로 증명한 게 이 책의 내용입니다.

우선 신체적 힘을 보면, 조물주는 인간의 체력을 넉넉하게 만들어 놓았습니다. 일상생활에는 체력의 20%만 써도 충분하고, 나머지 80%는 비상시에 쓰도록 예비력으로 만들어 놓았습니다. 젊은이와 100m 달리기만 하지 않는다면 평소 생활하는 데 아무 문제가 없습니다. 정신력을 보면, 무엇보다 세상을 두루 보는 능력, 인내심 등에서 젊은이를 압도합니다. 여러 가지 지능검사에서도 나이가 들수록 경험과 지혜가 쌓여 젊은이들보다 앞서는 항목이 더 많습니다. 사회적 힘에서도 돈, 재산, 경험, 정보, 인맥, 충성심 등 젊은이들에 비할 바가 아닙니다. 영적인 힘에 있어서도 나이가 들수록 인격적으로나 철학적 사고, 우주관에 이르기까지 월등합니다. 이 모든 것들의 총화가 바로 '에이징 파워'입니다.

사계절,
다
좋다

　사람의 한평생을 사계절에 비유하는 건 참 재밌습니다. 봄은 사춘기, 여름은 청년, 가을은 중년 그리고 겨울은 칩거에 들어가는 노년.

　'그럼, 지금 난 어느 계절쯤에 서 있을까?'

　이런 생각이 들면 이미 가을이 무르익고 있을 즈음입니다. 그만큼 봄, 여름은 눈 깜짝할 사이에 지나가 버립니다. 꽃내음 풍성한 봄이라고 어찌 좋기만 하겠습니까. 방황, 번민, 갈등, 좌절 등 봄은 봄대로 힘든 일들이 많습니다. 한국은 사계절이 분명해서 계절마다 그 아취(雅趣)가 다릅니다. 저마다 싫어하는 계절이 있을 수도 있습니다. 그건 취향입니다. 봄은 나른해서, 여름은 더워서, 가을은 처량해서, 겨울은 추워서 싫다는 이도 있습니다.

전 줏대가 없어서일까요, 특별히 싫은 계절이 없습니다. 봄가을은 대체로 좋은 계절이어서 드릴 말씀이 없습니다. 의사로서 충고하자면 여름은 냉방병을 주의해야 하고, 겨울은 특히 몸을 망치기 쉬운 계절이라 주의해야 합니다. 겨울은 기온이 낮아 주로 공기가 탁한 실내에 머무는 시간이 많습니다. 그렇기 때문에 운동량이 절대 부족합니다. 실제로 날씨가 맑은 날은 겨울에 많지만 밖으로 나가지 않습니다. 그러다 보니 태양에 노출될 일이 적어 세로토닌 부족 현상이 나타납니다. 실내에만 웅크려 있게 되면 아무래도 주전부리하게 되고, 거기다 운동량마저 적으니 공들여 다듬은 몸이 비만이 됩니다. 그래도 두꺼운 옷을 입고 있어서 사람들 눈에도 뚱뚱하게 보이지 않습니다. 이런 생활이 계속되면 활동성 호르몬이 줄어들고 대사 기능도 저하됩니다. 겨울에 몸을 망치기 쉽다는 점을 유념하세요.

사계절 모두를 좋아해야 축복받은 땅에 태어난 보람을 느낄 수 있습니다.

책상 서랍을
정리하며

저는 청소년기에 제법 책에 빠져들었습니다. 그때가 그리운 이유 중 하나가 그 시절의 독서 경험 때문입니다. 책을 읽고 울기도 하고, 울분도 터뜨리고, 겁 많은 모범생이 가출까지 한 적도 있습니다. 하지만 이젠 나도 모르게 발동하는 비판적인 습관 때문에 책 속에 오롯이 빠져들 수가 없습니다.

얼마 전, 20대에 읽었던 모파상의 《여자의 일생》을 다시 읽으니 당시와는 다른 감흥이 다가옵니다. 성숙함이 주는 맛일까요. '밤에는 책을 읽고, 겨울에는 남쪽으로 간다'던 T. S. 엘리엇의 세계가 부럽습니다. 책, 사색 그리고 철 따라 좋은 곳으로 여행할 수 있다면 얼마나 좋을까요.

한편 못난 일도 많습니다. 책상 서랍에서 발견한 편지들에 답장이나 했을까요. 그들이 베풀어 준 성의에 얼마나 보답했을까요. 다음에 해야지 하는 게으름으로 그만 까맣게 잊고 지냈으니, 나의 무신경이 그들에게 얼마나 상처를 주었을까요.

40대, 50대를 돌아보면 부끄러운 일들이 많습니다. 은혜도 모르고 교만했던 그 시절로 돌아가고 싶진 않습니다. 하지만 저도 한때는 젊었다는 사실을 잊지 않겠습니다. 그래야 후배들의 모자람에 관용을 보일 수 있을 테니까요.

서랍 속에는 여기저기서 받은 선물들이 잔뜩 있었습니다. 언제, 누구에게 받은 건지 알 수도 없습니다. 이 사람들이 서랍에 처박아 두라고 준 건 아닐 텐데 포장을 뜯지 않은 것도 있습니다. 이분들이 제게 선물을 줄 땐 얼마나 많은 생각을 했을까요. 온 정성을 담았을 텐데 하는 생각이 들자 마치 큰 죄를 지은 것처럼 몸 둘 바를 몰라 혼자 쩔쩔맵니다. 버릴 수도 없고 당장 쓸 수도 없어서 이렇게 서랍에 넣어 둔 거겠지요.

'그만하면 됐다.'

혼자 중얼거리며 과감하게 정리합니다. 시원했습니다. 하지만 서랍에 남은 게 적지 않습니다. 인생이란 두부 자르듯 쉽게 잘라 낼 수 있는 게 아닌가 봅니다.

새해맞이 설거지에 마음이 더 복잡해집니다.

새벽잠이
없으면

'어디 보자, 신문 올 시간이네.'

괜히 대문 앞을 서성거리고, 텔레비전을 켰다 껐다 하고, 애꿎은 담배나 피며 잔기침을 해댑니다. 언제부턴가 없어진 새벽잠 때문에 멀뚱거리는 누군가의 모습입니다. 이런 분들을 위해 노화 방지용으로 좀 복잡한 계산을 해 보겠습니다.

새벽에 두 시간 일찍 일어난다면, 한 달이면 60시간, 1년이면 730시간의 여유가 생깁니다. 책 한 권 읽는 데 다섯 시간이 걸린다면 한 달에 열두 권, 1년에 146권을 읽을 수 있는 시간입니다. 이것만으로도 당신의 인생이 달라집니다. 이 정도 독서량이면 어떤 분야든 전문가가 될 수 있습니다.

다른 계산법도 있습니다. 한 분야를 마스터하거나 자격증을 따는 데는 400시간 정도가 소요된다고 합니다. 따라서 1년에 두 개 분야를 마스터하거나 두 개의 자격증을 딸 수 있습니다. 제2, 제3의 인생을 준비할 수 있습니다.

새벽잠이 없는 당신은 축복의 길로 나아갈 수 있습니다. 출근을 한 시간 일찍 하면 텅 빈 전철에 앉아 책도 읽을 수 있어 또 1시간 벌고 지적으로 성숙해지니, 실제로 아침 시간을 2시간 더 벌게 됩니다. 이보다 더 큰 축복은 없습니다. 새벽잠이 없어서 고민이라면 인생을 사는 자세에 문제가 있는 것입니다.

쑥스럽지만 제 이야기를 하나 하겠습니다. 미국에서 인턴 생활을 하던 시절 제 별명은 포하프(Four-Half), 즉 4시 반이었습니다. 저는 언제나 새벽 4시 반에 일어나 불을 켰습니다. 당시 인턴 숙소가 병원 마당에 있어서 오가는 사람들이 이를 보고 붙여 준 영광스러운 별명입니다. 미국 사회에서는 무슨 일을 하든지 추천서가 필요합니다. 당시 세 분의 교수께서 하나같이 부지런한 젊은이라고 제 추천서를 써 주셨고, 그 덕에 예일대학교에 갈 수 있었습니다. 비실거리며 다닐 수 있었던 것도 '4시 반' 덕분이요, 지금 제가 쓰는 87번째 저서도 마찬가지입니다.

저의 오늘은 '4시 반'이 만들어 주었습니다. 별 재주도 없는 제가 이만큼이나 될 수 있었던 것은 어릴 적부터 만들었던 새벽 시간 덕분이라는 것이 제 정신분석 결론입니다.

감동의
힘

빅터 프랭클은 나치 시대 죽음의 포로수용소에서 살아남은 기적의 정신과 의사입니다.

살아남은 비결은 무엇일까요? 일반적으로 지옥 같은 수용소에서 생존한 사람들은 의지가 강할 거라고 생각하기 쉽습니다. 하지만 그의 관찰에 의하면 '아주 마음이 여린' 사람이 살아남는다고 합니다.

방금까지 옆에 있었던 동료를 묻기 위해 힘겹게 땅을 팝니다. 이제는 더 이상 눈물도 나지 않습니다. 삽질하는 손이 떨립니다. 그때 동료의 어깨 위로 황홀한 낙조가 내려앉습니다. 경비병을 힐끔거리며 황홀경에 빠집니다.

'어쩌면 저렇게 아름답지!'

이런 감성파들이 살아남습니다.

비관적인 시선을 가진 사람은 오래가지 못합니다.

"낙조가 무슨 대수야, 내일이면 우리가 묻힐 텐데."

부서진 널판지 사이로 달이 비치면 '아!' 하는 탄성과 함께 그 틈을 바라보는 사람, 길에서 주운 조약돌을 보석처럼 귀히 여기는 사람, 경비병의 휘파람에 귀 기울이는 감성적인 사람처럼 하찮은 일에도 감동할 수 있는 여린 마음이 지옥보다 더한 역경을 견뎌 낼 수 있게 한다고 합니다.

감동의 캠프를 마련하세요. 천천히 돌아보는 여유만 갖는다면 어느 하나 감동적이지 않은 게 없습니다. 잔잔한 감동은 인생에 사는 맛을 줍니다.

'감동 없는 인생이 어찌 삶이랴.'

아인슈타인의 말입니다.

벅찬 감동은 인생을 송두리째 바꾸기도 합니다. 책을 읽거나 강연을 듣거나 텔레비전을 보다가도 숨이 멎는 듯한 감동을 받을 때가 있습니다. 그날 이후 그 감동의 파동에 따라 인생을 새롭게 시작하는 변화가 일어나기도 합니다. 감동은 극한 상황에서 인간의 생명을 지켜 주는 강력한 지지자가 되어 주기도 합니다. 감동의 힘은 엄청납니다.

안 되는 재미로
치는 게
골프

골프장에 흔하게 굴러다니는 이야기입니다.

한 골퍼가 지겹도록 공이 안 맞자 간절히 기도합니다.

'제발 원하는 대로 공을 칠 수 있게 해 주십시오.'

그의 기도가 너무나 간절해 하늘에 닿았는지 어느 날부터 공이 마음먹은 대로 날아가기 시작했습니다. 퍼팅은 거의 신의 경지에 올랐다며 동료들이 모두 부러운 시선으로 우러러봅니다.

그는 우쭐했습니다. 다음 날도, 그다음 날도 게임은 그가 원하는 대로 진행됐습니다.

한데, 이건 또 무슨 변덕입니까. 공이 마음먹은 대로, 원하는 대로 날아가니 골프가 재미없어지기 시작한 것입니다. 게임이라는 게 좀 마음을 졸이는 기분도 있어야 하는데 마음대로 되니 스릴도 없고 따분하고 흥미가 없어졌습니다. 잘 되는 게 당연하니 '당연 심리'에 빠지게 된 거죠. 그러니 기쁜 줄도 모릅니다. 어쩌다 잘 맞으면 세상을 모두 얻은 것처럼 날뛰던 그 시절이 그립습니다. 그는 다시 기도합니다.

'염치없는 일이지만 이번에도 꼭 좀 들어주세요. 다시 옛날 실력으로 돌아가게 해 주세요. 제발 부탁합니다.'

그의 기도발은 정말 대단합니다. 이번에도 그가 기도한 대로 되었습니다. 예전처럼 마음먹은 대로 공이 가질 않습니다. 화가 납니다. 그래도 이젠 다시 게임을 즐기는 행복한 골퍼가 되었습니다. 골프는 뜻대로 안 되는 그 재미로 치는 겁니다.

인생은 어떨까요.

힘드니까
인생이죠

지금까지 크든 작든 제가 하는 모든 일은 어느 것 하나 쉽지 않았습니다. 미군 부대 하우스보이 시절부터 산 넘어 산이었습니다. 대학 등록금은 제겐 원수덩어리였습니다. '이번 학기는 쉴 수밖에 없겠구나' 하고 생각하는데 이게 웬일입니까. 어떻게든 기적적으로 해결되곤 했습니다. 운이 좋았던 거죠. 미국에서 전문의 수업을 받던 시절부터 귀국 후 대학교수가 되고 오늘에 이르기까지도 어느 하나 쉬운 일이 없었습니다. 건강마을을 구상할 때는 모든 사람이 반대했습니다. 오백 번을 설명했습니다. 우여곡절 끝에 좋은 스폰서 기업들을 만나 올해 증축 공사까지 마쳤으니 이 역시 축복이요, 행운이요, 영광입니다.

저는 지금도 작은 엔지오(NGO) 운동을 벌이고 있습니다. 이 역시 쉽지 않습니다. 그러나 차츰 자리를 잡아가고 있습니다. 작은 일도 어려운 과정을 거쳐 이루었으니 성취의 보람이 배가 됩니다. 그것이 저를 끌고 가는 힘입니다.

느림의
마을

이탈리아 북부에 있는 작은 마을, 부라. '느림의 마을'로 알려진 곳이기도 합니다. 현대 사회의 빠름에 현기증을 느껴 좀 여유롭게 살자는 취지겠지요. 이곳에는 현대 문명의 꽃인 자동차가 들어올 수 없습니다. 그 흔한 패스트푸드점도 없습니다. 손수 만든 요리를 천천히 음미하며 담소를 즐깁니다. 마을 중앙에 있는 첨탑 시계도 30분 느리게 갑니다.

지난 20세기는 빠른 변화와 속도의 신화가 지배했습니다. 쫓고 쫓기며 어디로 가고 있는지, 그래서 달려간 그곳에는 무엇이 있는 지 생각해 볼 여유도 없이 앞만 보고 달리기만 했습니다. 부라 사람들은 현명했습니다.

이 점에서 우리는 결정적 취약점을 갖고 있습니다. 우린 너무 급

합니다. 오죽하면 영어사전에 한국인의 'Pali Pali'란 말이 등장했을까요. '빨리빨리' 예찬론자도 적지 않습니다. 이것이 그 짧은 시일에 세계가 놀란 한강의 기적을 만들어 낸 원동력이라고 극찬합니다. 동감입니다. 그러나 부작용 역시 만만치 않습니다. 서두르다 보니 허점이 생길 수밖에 없습니다. 다리가 끊어지고 백화점이 무너졌습니다. 여기서 그치지 않습니다. 이런 문화는 건강에도 적신호입니다.

　이젠 우리의 삶을 보다 신중히 생각해야 할 시간이 된 게 아닐까요. 한 번쯤 천천히 생각해 봅시다.

지상 최고의 휴가

텔레비전, 비디오, 컴퓨터도 없는 곳. 그 흔한 노래방도 없거니와 오락 시설이라고는 아무것도 없는 참으로 더럽게 재미없는 곳. 고맙게도 핸드폰도 터지지 않는 곳. 빌 게이츠가 말한 일체로부터 단절된 지상 최고의 휴가(Ultimate Luxury Vacation)를 보낼 수 있는 곳. 그곳이 바로 당신이 가야 할 곳입니다.

요즈음 고맙게도 산속에 비슷한 시설이 많습니다. 바쁘게 살아가는 도시인들이 모든 것으로부터 해방되는 진정한 힐링을 할 수 있는 곳입니다. 기왕이면 텔레비전, 냉장고도 없으면 더 좋습니다.

"재미가 없다니요?"

"도심에 넘쳐 나는 것이 재미지요. 굳이 여기까지 와서 그런 흥분, 스릴, 신나는 일을 찾을 필요가 있나요."

여기에선 색다른 일상을 경험해 봅시다. 흥분된 머리를 식혀 봅시다. 공격적이고 경쟁적인 교감신경, 놀아드레날린, 엔도르핀, 스트레스를 모두 던져 버리고 한 박자 느리게, 조용히, 부교감신경, 이완, 세로토닌 모드로 바꿔 봅시다. 광란의 밤을 보내는 것만이 스트레스 해소는 아닙니다. 조용히 어슬렁거리며 한 템포 늦춰 보는 것도 흥분일색의 뇌를 진정시키는 데 큰 몫을 합니다. 잡다한 자극과 전자파로부터 해방될 수 있는 느긋함은 한번 맛보면 잊을 수 없는 진정한 휴식이 됩니다. 동(動)과 정(靜)이 균형을 이뤄야 합니다.

세계
장수촌

세계적으로 알려진 장수촌은 대개 $300m$ 높이의 비탈길에 있습니다. 그 정도 높이면 여름에는 덥고, 겨울에는 춥기 때문에 부신피질이 적당히 자극되어 면역력이 높아집니다. 공기가 맑고 통풍도 잘 되는 산속이면 금상첨화입니다. 비탈길은 절로 운동이 됩니다. 밭에 가든 이웃집에 가든 차가 없으니 걸어야 합니다. 비탈길이라 숨이 가빠 절로 심호흡이 됩니다. 동시에 걷는 운동까지 되니 세로토닌 분비가 절로 됩니다.

수도원이나 절이 산속에 있는 이유를 아시나요?

조용해서 저절로 마음이 가라앉습니다. 올라가는 길의 경관도 일품입니다. 아름다운 개울물 소리, 맑은 공기, 푸른 숲, 새소리에 마음이 절로 맑아지고 정화됩니다. 이렇게 올라가는 도중에 자연스럽게 수도가 됩니다. 산속은 훌륭한 도장입니다.

현대 도시인은 걷지 않습니다. 기껏 걸어야 하루에 5천 보도 안됩니다. 지위가 높아질수록 2천 보가 안 된다는 보고입니다. 도어투 도어(Door to Door)족은 더 말할 필요가 없습니다. 아파트 현관 앞에서 차를 타서 사무실 앞에서 내리고 점심은 구내식당에서 해결하니, 하루에 몇 걸음을 걷겠습니까. 옛사람들은 언덕길을 하루에 3만 보씩 걸었습니다. 전문가들은 하루에 최소 1만 보는 걸어야 한다고 하는데 우리 생활은 어떻습니까? 한 블록도 차를 타고 가야하는 극성파도 있습니다. 거기에다 계단 공포증에 걸려 있습니다. 러시아워에는 지하철 에스컬레이터에 긴 줄이 늘어섭니다. 반면바로 옆 계단은 텅 비어 있습니다. 거의 무의식중에 계단을 피하는습관이 생겼습니다. 계단을 오르내리면 큰일이나 날 것 같은 부담감을 느끼는 것 같습니다. 편이와 쾌적함에 빠져 우리 몸은 말이 아니게 약해졌습니다.

걷는 것보다 더 좋은 약은 없습니다. 게으른 현대 도시인에게는가히 만병통치약입니다.

잃어버린
달을

'잃어버린 달을 찾아드립니다. 별을, 은하수를, 하늘을, 낙조를 다
시 돌려드립니다.'

건강마을에서는 한 달에 열흘은 달빛만으로 생활합니다. 음력 7,
8일이면 달이 제법 밝아 밤길을 걷는 데 아무런 지장이 없습니다.
그때부터 열흘간 우리 마을 전체에는 불빛이 없습니다. 달빛 아래
산책은 이곳이 아니고서는 맛볼 수 없는 정경입니다.

하늘이 맑은 밤에는 뜰에 누워 별 이야기도 듣습니다. 하늘에 떠
가는 구름, 물소리, 바람 소리에 오감이 열립니다. 아스팔트에 찌들
었던 감성이 다시 살아납니다. 그간 우리 심성이 얼마나 황폐했던
가를 실감하게 됩니다. 우린 이성, 지성을 너무 혹사하고 살았습니
다. 인간이 이성적이면서 동시에 감성적, 감각적 동물이란 사실을

느껴야 합니다. 머리가 아니라 가슴입니다. 지성과 감성이 균형 잡혀야 합니다. 감성의 자극, 이것이 전두엽을 젊게 하는 비결입니다.

달이 밝으면 우리는 달그림자를 밟으며 산을 오릅니다. 아시나요, 품성이 착한 사람이 아니면 달님이 그림자를 만들어 주지 않는다는 것을요. 달그림자를 밟으며 산책해 본 적이 언제였던가요. 더구나 깊은 산속을. 오르는 길, 쉼터에 누워 나무 사이로 비치는 달님을 바라보면 천사의 노래가 들립니다. 들어보셨나요, 천사의 노래.

그대로 엉엉 우는 사람도 있습니다. 우리는 근대화 과정에 가슴이, 감성이 메말라 버렸습니다. 정말 불쌍한 사람이 되어 버렸습니다. 아름다운 자연만이 아닙니다. 시를 잃어버렸고, 노래, 예술도 마음에서 사라져 버렸습니다.

여기 감성지수를 높이기 위한 측정표를 실어야 하는 사연이 이해되었으면 좋겠습니다. 한 해 동안 다음 일을 얼마나 자주 했나요?

감성생활 체크리스트			
	해 본 적 없다	한두 번	자주
• 투어버스를 탔다.			
• 재래시장에 갔다.			
• 새벽길을 일부러 걸어 보았다.			
• 아침에 눈을 뜨면 가슴 설레는 일이 있었다.			
• 일부러 비를 맞고 걸어 본 적이 있다.			

	해 본 적 없다	한두 번	자주
• 자전거를 타 보았다.			
• 공연 관람 후 커피숍, 맥줏집에 가 보았다.			
• 서커스를 보았다.			
• 심야 영화를 보았다.			
• 즐거운 산책을 해 보았다.			
• 나만의 멋에 취할 수 있는 곳에 가 보았다.			
• 아무에게나 웃어 본 적이 있다.			
• 공원 벤치에 앉아 커피나 도시락을 먹은 적이 있다.			
• 낯선 여자에게 '아름답다'고 말한 적이 있다.			
• 계절의 아취를 가슴 가득 느껴 본 적이 있다.			
• 저녁노을을 보러 산이나 바다에 간 적이 있다.			
• 오랜만에 만난 이성을 안아 본 적이 있다.			
• 하늘에 떠가는 구름을 바라본 적이 있다.			
• 낯선 지하철역에 일부러 내린 적이 있다.			
• 멋내기 의상을 입어 보았다.			
• 삶에 대한 사색을 했다.			
• 꽃을 샀다.			
• 산이나 숲에 갔다.			
• 국내외 역사 유적 방문 등 문화 여행을 했다.			

	해 본 적 없다	한두 번	자주
• 직업과 관련 없는 독서나 강연에 가 보았다.			
• '멋진 인생이다!'라고 입에서 절로 나온 적이 있다.			
• 풀벌레 울음소리에 숨죽여 본 적이 있다.			
• 벅찬 감동에 운 적이 있다.			
• 들판을 하염없이 걸어 보았다.			
• 맨발로 걸어 보았다.			
• 추억 나들이를 해 보았다.			
• 모닥불 앞에서 밤을 지새운 적이 있다.			
• 계획이 없던 여행을 훌쩍 떠나 본 적이 있다.			
• 꽃, 나무와 대화해 보았다.			
• 바람 부는 언덕에서 가슴을 열고 선 적이 있다.			
• 과수원, 원두막에서 과일을 먹어 보았다.			
• 무작정 시골 버스를 타 보았다.			
• 달그림자를 밟고 걸어 보았다.			
• 출퇴근 코스를 일부러 바꿔 보았다.			
• 시골 정취를 바구니에 담아 선물해 본 적이 있다.			
배점	0	1	2
합계			

 몇 점이나 나왔나요? 선마을 고객들은 남성 25점 내외, 여성은 30점 전후였습니다. 80점 만점인데! 이 정도면 따분한 인생입니다.

'인생의 희로애락을 모두 담은 삶, Full Life'

Full Life를 사는 가장 좋은 방법은 젊게, 건강하게 사는 것입니다. 어떻게 해야 할까요?

최근 정신의학계의 화두는 단연 전두엽입니다. 전두엽은 대뇌의 최고사령부로서 인간이 인간다울 수 있는 중추적 역할을 합니다. 행복, 명예, 자긍심, 긍지 등 고급 감정을 비롯하여 사유, 사색, 창조 등 고급 인지 기능뿐 아니라 생기, 의욕, 활력 등의 원천도 이곳입니다. 인간은 60대가 지나면 전체 뇌의 6~7%가 위축되지만 전두엽은 워낙 예민해서 관리를 잘못하면 30%나 위축됩니다. 이렇게 되면 생기도 의욕도 없는 진짜 노인이 됩니다. 전두엽을 건강하게 하는 것이 젊음의 시작입니다.

젊음은 창조와 연관이 깊습니다. 창조적인 작업에는 번득이는 두뇌 회전이 필요합니다. 그러기 위해서는 많은 지식과 경험을 쌓아야 합니다. 새로운 지식을 얻게 되는 순간 '아하, 이래서 이런 결과가 되었군' 하고 무릎을 치게 됩니다. 그때 뇌에서는 불이 번쩍하고 켜집니다. 이런 지적 자극이 뇌에 활력을 주고 젊음을 줍니다. 이렇게 쌓인 정보들은 뇌 속에서 용해되고 융합됩니다. 자는 동안에도 쉬지 않습니다. 그러고는 시나브로 기막힌 아이디어가 불쑥 떠오릅니다. 통찰의 순간입니다. 이 순간 세상의 무엇과도 바꿀 수 없는 기쁨과 희열을 맛보게 됩니다. 온몸에 퍼지는 만족감, 이를 만들어 내는 신체적 변화, 바로 젊음입니다. 창조적인 활동이 완성되는 희열과 자부심을 느끼는 사람은 늙을 수가 없습니다.

'Full Life'를 살기 위한 노력은 지금까지의 '행복 추구'만으로는 안 됩니다. '희로애락'이라는 인생의 모든 요소를 쏟아부을 때 100퍼센트 인생이 완성됩니다.

뇌과학자들은 말합니다. 인간이 행복한 감정을 느끼는 순간 행복 중추인 좌측 전두엽 대뇌피질이 반응한다고. 이때 마음은 평안

하고 아늑해집니다. 뇌파에는 알파(α)파가 나타나고 행복 물질인 세로토닌이 분비됩니다. 세로토닌이 풍부하게 활성화된 상태가 바로 힐링입니다.

아이러니하게도 행복 중추는 감성을 담당하는 우뇌에 있지 않고 논리 중추인 좌뇌에 있습니다. 이에 대해 재미있는 해석이 있습니다. 좌뇌는 골치 아픈 일을 맡기 때문에 이를 위로하기 위해 행복 중추가 있다는 겁니다. 불행의 숲에 행복을 심어 위로한다는 것입니다. 그러고 보니 행복은 불행을 겪은 후에 싹튼다는 말이 틀린 것만은 아니라는 생각이 듭니다. 행복은 상대적이어서 불행을 모르면 행복도 모릅니다. 불행의 바닥에서 헤어날 때 비로소 행복의 문이 열립니다.

하루하루가 쌓여 인생이 됩니다. 하루를 그냥 흘려보내기엔 하루는 너무나 소중한 것들로 꽉 채워져 있습니다. 삶의 기쁨과 슬픔,

노여움과 즐거움, 이 모든 것을 온전히 느낄 때 인생은 'Full Life'가 됩니다. 젊게, 건강하게 살아야 합니다. 아직도 갈 길이 멉니다. 조급하게 걸었던 잰걸음에 여유를 두고 '경험 많은 젊은이'처럼, '무소의 뿔처럼 혼자서' 그렇게 가야 합니다.

끝으로 선마을 문화원 스태프들의 노고를 잊을 수 없습니다. 청아출판사도 애썼습니다. 미안합니다. 잔소리가 많아서.

100퍼센트 인생

이시형 지음

초판 1쇄 인쇄 · 2017. 8. 10.
초판 3쇄 발행 · 2018. 1. 30.

발행인 · 이상용 이성훈
발행처 · 청아출판사
출판등록 · 1979. 11. 13. 제9 - 84호
주소 · 경기도 파주시 회동길 363-15
대표전화 · 031 - 955 - 6031
팩시밀리 · 031 - 955 - 6036
E - mail · chungabook@naver.com

ISBN 978 - 89 - 368 - 1107 - 5   03810

* 값은 뒤표지에 있습니다.
* 잘못된 책은 구입한 서점에서 바꾸어 드립니다.
* 본 도서에 대한 문의사항은 이메일을 통해 주십시오.

이 도서의 국립중앙도서관 출판예정도서목록(CIP)은 서지정보유통지원시스템 홈페이지(http://seoji.nl.go.kr)와 국가자료공동
목록시스템(http://www.nl.go.kr/kolisnet)에서 이용하실 수 있습니다.(CIP제어번호: CIP2017018678)